林文寶　編著

張晏瑞　主編

林文寶兒童文學著作集

第四輯　其他編

第二冊
台灣區域兒童文學概述

台灣區域兒童文學概述

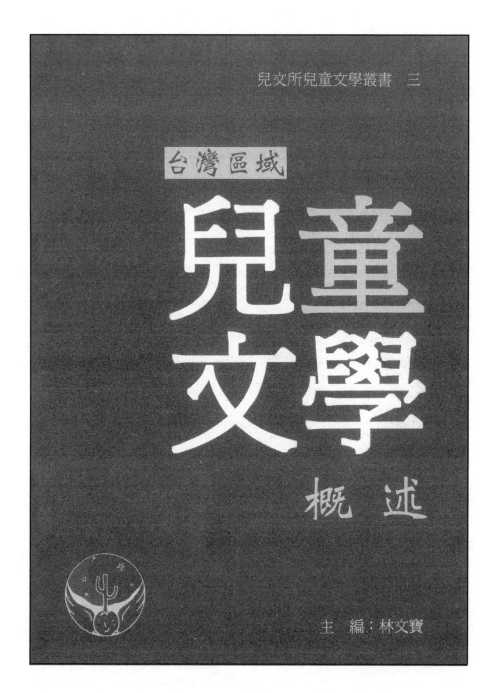

《台灣區域兒童文學概述》原版書影

原版無版權頁

出版時間：1999 年 6 月

台灣區域兒童文學概述
~~目　錄~~

序一：起點

❖林文寶

　　吉妮特・佛斯(Jeannette Vos)和高頓・戴頓（Gordon Dryden）在《學習革命》（The Learning Revolution）一書中，認為塑造明日世界的十五個大趨勢有〈文化國家主義〉一項，他們認為：

> 當地球愈來愈成為一個單一經濟體，當我們的生活方式愈來愈全球化，我們就會愈來愈清楚的看到一個相反的運動，奈思比稱之為文化國家主義。

> 「當世界愈來愈像地球村，經濟也愈來愈互賴時」，他說，「我們會愈來愈講求人性化，愈來愈強調彼此間的差異，愈來愈堅持自己的母語，愈來愈想要堅守我們的根及文化。

> 即便是歐洲由於經濟原因而結盟，我仍認為德國人會愈來愈德國，法國人愈來愈法國」。

> 再一次的，這其中對於教育又有極為明顯的暗示。科技越加發達，我們就會越想要抓住原有的文化傳

統—音樂、舞蹈、語言、藝術及歷史。當個別的地
區在追求教育的新啟示時—尤其是在所謂的少數民
族地區，屬於當地的文化創見將會開花結果，種族
尊嚴會巨幅提升。（見 1997 年 4 月中國生產力中心，
林麗寬譯，頁 43~44。）

　　文化國家主義，在文化霸權、後殖民論述的推演下，
已成為一種強勢性的政治潮流。台灣自解嚴以來，本土文
化亦已獲得比較多的關注，也有了一個比較寬闊的發展空
間。目前，各縣市文化中心亦以區域特色與營造社區為發
展重點。
　　所謂區域，是一個相對性的概念，且以縣市為區隔，
編撰區域縣市兒童文學概況，旨在關懷本土，了解自己。
　　方斯・卓皮納斯（Fons Trompenaars）和查爾斯・漢普
頓透納（Charles Hampden-Turner）於《卓皮納斯文化報告》
（Riding the Waves of Culture）有云：

　　只有當一條魚脫離水面時，才會知道它是多麼需要
　　水。文化之於人類，正如水之於魚，我們在文化中
　　生活、呼吸。但是在一個文化中被視為必要的，例
　　如某種程度的財富，在別的文化卻不見得是必需品。
　　（美商麥格羅・希爾國際股份有限公司台灣分公司，
　　1999 年 5 月，袁世佩譯本，頁 30。）

　　文化來自土地與人民的生活，但不同區域的文化差異本身不一定是障礙，面對不同文化時，每個人本身的文化皆是起點。重要的是，在面臨不同文化時所呈現的自覺、尊重、協調與融合的一連串內化的行為，才是決定文化歸屬的終點。其實，所謂的「本土化」、「國際化」，並非對立不相容，我們相信：沒有起點，就無所謂的終點。是以且讓我們從縣市區域的歷史與現實入手。

　　個人有心於台灣兒童文學的撰寫，且以「台灣地區兒童文學史料的整理與撰寫」為題向國科會申請為期三年的研究計畫（計畫編號：WSC 88~2411~H~143~001）。本研究旨在對一九四五年以來，台灣地區兒童文學的發展與演進，做一宏觀性的整理，進而撰寫出一部台灣兒童文學史。

　　研究首重資料，資料的蒐集與整理亦是本研究的重點。其中擬對一九四五年以來兒童文學論述書目做提要，以作為後人研究之參考手冊。並對前輩進行訪談或口述記錄。同時確立與整理指標性事件，以作為撰寫文學史的依據。

　　而後經深入蒐集以來，始發現基本資料匱乏度，頗出預料之外。因此，擬改寫研究策略，與中華民國兒童文學學會合作，以收群策群力之效，且適逢為迎接一九九九年八月「第五屆亞洲兒童文學大會」在台北召開，於是乎「台灣區域兒童文學概述」的編撰就於焉落實。

　　感謝學會理監事、理事長林煥彰，以及執筆的各位，還有我服務單位台東師院方榮爵校長，同意由校方支付出版經費。由於大家的努力與支持，於是有了這本書的誕生。

　　雖然，本書未盡理想與完整，但我們很愉悅，因為我們已經做了該做的事。

序二：關懷本土，了解自己之必要
----《台灣區域兒童文學概述》代序

❖林煥彰

　　從各種媒體報導中，我們知道：二十一世紀的腳步聲，越來越大；為了迎接新的世紀，我們兒童文學界理當要有宏觀理想，做好面向世界的準備，為台灣兒童文學開展更新的一頁。因此，本會「會訊」自去年十一月號起，即推出「面向二十一世紀，介紹外國兒童文學現況」系列專欄，邀請學者、專家撰寫特稿與全體會員分享。

　　面向世界，開拓新視野，在現代社會中，已是種必然的發展趨勢，作為一個台灣兒童文學工作者，開拓本土，了解自己是必要的，也是責無旁貸的；尤其，為了要迎接一九九九年八月，第五屆亞洲兒童文學大會在台北召開，作為即將是這個國際性兒童文學學術會議的東道主之一分子，我們應有團隊意識凝聚整體的力量，在外國兒童文學學者專家面前，具體呈現一份台灣兒童文學的整體成果，因此，我想到要邀請各縣市兒童文學工作者分別撰寫介紹各縣市兒童文學近五年來發展概況的專文，在「會訊」增闢「台灣兒童文學現況」系列專欄，逐期刊載，讓全體會員先了解自己本土兒童文學發展的一般情形，彼此激勵，好做更進一步的努力。

　　這個想法，是一月十三日上午，我回宜蘭參加縣立文化中心獎助縣籍作家作品出版的審查會議上，和蘭陽資深兒童文學工作者藍祥雲校長、已退休的邱阿塗主任談及，並獲得他們支持，由邱阿塗率先認領負責撰寫宜蘭縣兒童文學的現況報導。

　　接著，一月十八日上午學會召開理監事聯席會議，會後我邀請學會同仁午餐，感謝理監事及工作同仁一年來的辛勞。在餐會中，我又將這個想法和林文寶教授提起，一面聽他的意見，也同時他的支持協助，將來編輯成書，共同設法籌措經費出版。

　　一月二十七日，是農曆大年初一，我藉這一年當中最空閒的時刻，一早即向兒童文學界長輩拜年，並展開向各縣市文友拜年和邀稿；在春節這幾天，我已陸續邀定了桃園（傅林統）、苗栗（杜榮琛）、彰化（林武憲）、台中（洪志明）、屏東（徐守濤）、高雄（林仙龍）、台東（吳當）、雲林（許細妹）、花蓮（葉日松）、南投（岩上）、嘉義（朱鳳玉）、台北（朱錫林）等縣市，以及台北市兒童文學教育學會（王天福）、高雄市兒童文學協會（蔡清波）、台東師範學院兒童文學研究所（林文寶）等社團及研究機構；其他還有台北市、基隆市、台南、新竹、澎湖、金門、馬祖及台灣省兒童文學協會、中國海峽兩岸兒童文學研究會、台東師範兒童讀物研究中心、靜宜大學兒童文學專業研究室、世界華文兒童文學資料館和本會等縣市單位還未邀定撰寫的適當人選，我會繼續邀稿。

　　這項機構邀稿的內容範圍，我希望是以全面性的觀點將各縣市、社團、研究機構近五年來有關兒童文學的活動、學術演講、座談、研習、作家作品以及各種兒童文學獎的舉辦，都能涵蓋並翔實的報導。

　　這是一項煩人（勞人心志）的工作，但還是需要有人來完成。我在這裡把它說出來，也藉此向全體會員邀稿撰寫相關的文章，以彌補個人規劃邀稿的不足。謝謝。

一九九八年二月二十七晨寫於研究苑

（本文原刊於中華民國兒童文學學會會訊，14 卷 2 期，1998 年 3 月）

附註：

　　本文原係以「理事長的話」專欄刊於《中華民國兒童文學學會會訊》一九九八年三月號，向「學會」的全體會員所做的報告，現在林文寶教授如期完成編印《台灣區域兒童文學概述》，承蒙他不棄，也一併收錄作為「代序」，特「附註」說明，並表示感激。

寫於一九九九年六月二日

台東兒童文學史初稿

吳　　當

台東兒童文學史初稿

❖ 吳　當

壹、前言

　　近十年來，台東的兒童文學發展，可說是中華民國兒童文學的指標，無論是在學術研討會，或者是在鼓勵創作的兒童文學獎，都有一張亮麗的成績單。尤其是民國八十六年第一座兒童文學研究所在國立台東師院隆重開辦、招生以來，台東已儼然成為兒童文學學術研究的重鎮。

　　台東的兒童文學發展歷史，其實並不長。台灣早期的兒童文學教育本就不發達，而且集中在北部，台東地處邊陲，常被稱為「文化沙漠」，弱勢的兒童文學當然更為沉寂。對台東兒童文學發展影響較大的，在政府單位及學校方面有：省立台東社會教育館、台東縣政府、國立台東師院，他們在台東埋下兒童文學的種子，開出燦爛的花朵；私人部分則有《海洋兒童文學研究》雜誌的出版，以及林文寶、郭美女等多位人士的積極推動，使近年來的台東，無論在理論研究及戲劇方面，都有一張耀人的成績單。現在掇其大要縷述如后。

貳、發展概況

　　台東地區兒童文學發展為時甚晚，比較正式的是台東師院在民國六十一年開設兒童文學課程，其後在民國七十年代開始有較多的活動，其中較重要者為：

　　一、慈恩兒童文學研習營：民國七十年暑假，高雄宏法寺開證法師創辦的佛教慈恩育幼基金會，在台東縣大武鄉紫雲寺舉辦「第一屆慈恩兒童文學研習營」，開創了台東縣兒童文學研習的先聲。此次研習集合了當時台灣兒童文學界的菁英，如馬景賢、洪文瓊、林世敏、洪文珍、吳英長、林武憲、謝武彰、劉宗銘夫婦等人，與台東多位文友，在紫雲寺煮酒論兒童文學，共五天四夜。由於這項研習的成功，奠定了台東地區兒童文學發展的基礎，對稍後各項兒童研習活動的舉辦，有指標作用。

　　二、海洋兒童文學研究雜誌創刊：民國七十二四月四日，由林文寶及吳當籌辦的海洋兒童文學研究雜誌正式出版，在國內的兒童文學界激起不小的漣漪。該雜誌社長為林文寶，主編為吳當，係二十五開本，六十四頁，採同仁雜誌性質，最多曾達一百七十位，發行三千份。前幾期理論與創作居半，第七期後成為純理論刊物。民國七十六年四月出版第十三期後停刊。值得玩味的是停刊的理由並非是經濟因素(尚有結餘款六千餘元，購書捐贈台東師院兒童讀物中心)，而是稿件難以為繼，可見當時國內兒童文學理論研究的寂寞。在四年期間，共製作了七個專題：為兒童文學把脈(第四期)、創作經驗談(第五期)、兒童的文學教育(第六期)、東區兒童文學研習、兒童的文學教育(第七期)、科幻小說(第八期)、童詩的方向(第十一期)、世界童詩(第十二期)，不只對台東，甚至當時的兒童文學界，均有不少的影響。

　　三、東區兒童文學研習：省立台東社教館於民國七十三年十二月十八日起三天，在台東、玉里、花蓮舉行兒童文學研習，由林良講授「兒童文學創作」，陳侃講授「童謠的作法」，林文寶講授「兒

童文學故事體寫作」。共有二百多位國小教師參加，為東部的兒童文學教育，激起了一股熱潮。海洋兒童文學雜誌在第七期(七十四年四月)刊出林良與陳侃的演講紀錄。

四、台東縣兒童文學獎：台東縣政府教育局從民國七十四年起，開始舉行此一比賽，分學生及教師兩組，每組均有散文、詩歌或童話故事，已有十三本選集出版，目前仍定期舉辦。由於教育局是各國中、小學的主管單位，規定各校均必須參加，一方面藉機檢視教學成果，另一方面也可以落實兒童文學教育，成效值得肯定。

五、東區兒童文學創作獎：省立台東社教館在民國七十六年，設立了東區兒童文學創作獎，每年輪流舉辦童詩、童話故事等徵文，分成兒童與成人兩組。由於該獎獎金頗高，獎額亦不少，每年又均隆重頒獎，極受重視，因此吸引了花東兩縣不少師生參加，獲得熱烈迴響。每年得獎作品並結集出版，分贈各級學校並供民眾索取，做得十分積極，令人敬佩。該獎在舉辦十屆之後，因故於民國八十六年停止，十分可惜。

六、台東縣國語科教學研習會：台東縣政府國教輔導團，每年均定期舉行研習，聘請專家學者講授並研討國語科教學，對各校兒童文學教育的教學與推廣，有不少的助益。

七、台東縣兒童文學創作研習營：台東縣立文化中心於民國八十三年起，在張中元校長的熱心協助之下，舉辦了多期以國小學生為對象的兒童文學創作研習營，時間及研習內容如下：

1.兒童文學欣賞、創作研習營：八十三年元月十四至十九日，在台東縣立文化中心舉行。有中國文人的故事(張中元)、中國文字的故事、中外文學名著的創作歷程、寓言童話欣賞及創作指導(張月

昭)、通俗文學欣賞及創作、劇本寫作及戲劇表演(劉淑蘭、張月昭)。

　　2.相聲研習營：八十四年十二月三日至八十五年元月七日，每週日上午，在台東縣立文化中心舉行。課程有相聲表演及腳本創作的技巧練習，聘請漢霖說唱藝術團指導。

　　3.歌頌海洋兒童文學研習營：八十四年八月十八日至二十日，在綠島國小舉行。課程有海洋兒童文學作品賞析(張中元)、快樂的說，輕鬆的寫、語文遊戲、童詩兒歌創作(李惠敏)、童詩寓言寫作指導、相聲指導及表演(張月昭)、文學與童謠(簡上仁)。

　　4.暢遊書海研習營：八十五年二月十三至十五日在台東縣立文化中心舉行。課程有中國詩畫欣賞(林永發)、古典文學欣賞(張月昭)、古典文學欣賞探討(張中元)。

　　5.童謠天地研習營：八十五年八月二日至四日，在台東縣立文化中心舉行。課程有各類童謠創作背景介紹(張中元)、各類童謠作品賞析及創作(張月昭)、各類兒歌作品賞析及創作(劉淑蘭)、台灣童謠特色探討及教唱(簡上仁)。

　　6.童詩欣賞及創作研習營：八十五年九月八日至十月五日，每週日在台東縣立文化中心舉行。課程有童詩賞析(張月昭)、語文遊戲(李惠敏)、兒歌與童謠教唱(簡上仁)、作品發表及賞析(張中元)。

　　八、兒童劇團：民國七十二年起，由於教育主管單位積極推動兒童劇，一時全國各地風起雲湧，各小學紛紛成立以小朋友為主的兒童劇團，台東縣自然也不例外。七十二、七十三學年度，台東縣政府還舉辦全縣兒童劇比賽，當時成績較好的學校有：大王國中、大武國中、寶桑國小、馬蘭國小、鹿野國小、關山國小、大鳥國小、安朔國小等。民國七十五年兒童劇觀念改變，不再強調以兒童為主

角，轉變爲成人的演出。民國七十五年，台東文化中心推動「台東公教實驗劇團」成立，七十七年立案成爲「台東公教劇團」，當時另外也立案了一個台東兒童劇團，其實一切人員與團務都和公教劇團重疊。該團在成立之後，演出了幾齣兒童劇，並承辦了兒童劇研習營：

☆ 兒童劇

1. 民國七十八年一月二十二日在台東縣立文化中心演出「夾心餅乾列車」。

2.七十九年四月三日至五月三十日在台東縣立文化中心、關山、成功、達仁演出「七隻小羊」、「森林親善大使」、「小猴子進城」三齣戲。

3.七十九年十二月三十日演出「四大神龜與青蛙王子」。

4.八十年十二月二十九日在鯉魚山救國團演出「森林火車」。

☆ 兒童劇研習營

1.七十八年一月四日至二十二日在台東縣立文化中心舉辦「兒童戲劇指導教師研習營」。

2.八十一年七月十七日至二十一日及七月二十二日至二十六日在台東縣立文化中心舉辦兩期「兒童劇夏令營」。

3.八十五年八月十九日至二十二日在台東縣立文化中心舉辦「兒童劇夏令營」。

4.八十六年七月一日至三日在台東劇團舉辦「四果冰兒童劇夏令營」。

5.八十七年七月七日至十一日在台東劇團舉辦「八寶冰兒童劇夏

令營」。

　　九、小木偶劇團：為國立台東師院教授郭美女於民國八十二年九月創辦，是台東第一個純為小朋友表演的劇團。早期團員以師院學生為主，近年則增加部分小學生。每年均有新戲到縣內各地及全省巡迴公演，對兒童劇的推展居功厥偉；尤其難得的是，此一劇團為郭教授獨撐，精神令人敬佩，若非對兒童劇有深濃的興趣，無法支持這麼長久的時間。這幾年較重要的活動為：

☆兒童劇表演

　　1.八十三年三月十二日至六月四日，巡迴全省各地表演，計有苗栗、屏東、桃園、雲林、台東、台東關山、台東成功等七場。表演劇碼為「木偶奇遇記」。

　　2.八十四年三月二十八日至四月三十日，分別在台東成功、雲林、桃園、台東、花蓮、台東鹿野等地演出六場。表演劇碼為「新白雪公主」。

　　3.八十四年十一月二十五日至十二月九日，巡迴在台東關山、鹿野、大武、台東市及雲林等地演出五場。表演劇碼為「豆豆與小飛俠」。

　　4.八十五年二月四日至四月二十八日，在台北市社教館、台東關山、台東市、台東師院演出四場。表演劇碼為「小紅帽歷險記」。

　　5.八十五年十二月二十八日至八十六年一月三十一日，分別在台東關山、太麻里、成功、鹿野、都蘭、台東市及雲林演出七場。表演劇碼為「頑皮的咪咪貓」。

　　6.八十六年十二月二十至八十七年一月十一日，在台東池上、鹿野、成功、台東市及花蓮玉里演出五場。表演劇碼為「彩虹女」。

7.八十七年十二月十二日至二十日，分別在台東池上、關山、鹿野、大南、台東市及成功演出六場。表演劇碼爲「小丸子歷險記」。

☆ 兒童劇研習營

1.八十三年四月十八至十九日，在富岡國小舉辦「原住民兒童音樂戲劇文化營」。內容有阿美族與布農族音樂、布農族打耳祭練習及表演。

2.八十五年八月二十三至二十五日，在省立台東社教館舉辦「兒童音樂戲劇夏令營」。內容有創意戲劇及「波斯市場」劇練習、表演。

3.八十六年八月二十三至二十五日，在省立台東社教館舉辦「兒童音樂戲劇夏令營」。內容有創意戲劇及「灰姑娘」劇練習、表演。

4.八十七年八月二十一日至二十三日，在省立台東社教館舉辦「兒童戲劇夏令營」。內容有創意戲劇及「鐵達尼號」劇練習、表演。

參、兒童文學的重鎮----國立台東師範學院

國內兒童文學發展十分緩慢，眾所週知，真正邁開腳步是從寄存於大學院校開始。台東師院於民國六十一年始開設兒童文學課程，起步雖慢，但由於該校的努力，終於迎頭趕上，在民國八十五年獲准成立兒童文學研究所。以地處台灣邊陲的台東而言，至屬難得。然而該校這項榮譽的獲得並非倖至，其成長過程可謂備極艱辛。現將其重要過程，縷述如後：

一、民國六十一年省立台東師專開設兒童文學課程，由林文寶教授擔任講師，林老師從此全力投入兒童文學課程，不但在師專，同時也在改制師院後的教師暑期進修班授課，桃李滿台東，由於他

的熱誠與投入，台東的兒童文學才能紮根、茁壯，蔚成大樹。

民國七十六年，師專改制爲師院，兒童文學由語文組選修課程一躍爲各學系的必修課程，兒童文學更受重視。台東師院也先後聘請了這方面的專家如洪文珍、楊茂秀、洪文瓊等人加入授課的行列，使該校的兒童文學陣容更加堅強。

二、爲了加強該校教師的研究著述，民國七十六年刊行《東師語文學刊》，每期均有兒童文學專論發表，至八十六年設立兒童文學研究所，創辦「兒童文學學刊」止，共計十期，累積了不少成果。另外出版了教師「語文叢書」，其中有多本與兒童文學有關，如《兒童文學故事體寫作論》(林文寶)、《兒童文學評論集》(洪文珍)、《台東行－兒童詩歌創作集》、《鹿鳴溪的故事》(學生創作選集)、《語文教育論集》(何三本)、《楊喚與兒童文學》(林文寶)等書。

三、該校除了加強兒童文學的教學之外，並且積極承辦各項學術研討會，以期提高國內兒童文學術研究的水準，並且增加師生參與活動的熱誠，重要的活動如下：

七十七學年度：於七十八年五月十一日舉行辦「兒童文學學術研討會」，有林政華〈兒童文學散文〉等十二篇論文。

八十學年度：於八十一年六月十九、二十日舉辦「少年小說學術研討會」，有李慕如〈由葉限談兒童小說結構〉等十二篇論文。

八十一學年度：於八十二年六月十七、十八日舉辦「兒童文學教育與教學學術研討會」，有林文寶〈師院兒童文學師資與課程之概況〉等十二篇論文。

八十二學年度：於八十三年六月二、三日舉辦「兒童文學教育學術研討會」，有林文寶〈我國兒童文學課程的演進〉等九篇論

文。並同時舉辦「第一屆師院生兒童文學創作獎頒獎典禮」。

　　八十四年五月二十五日、二十六日及八十五年五月二十九、三十一日分別舉辦第二、三屆師院生兒童文學創作獎發表會。

　　八十五學年度：於八十六年三月十三、十四日舉辦「兒童文學與教育學術研討會」，有周慶華〈多元兒童文學與一元教育〉等八篇論文。

　　八十六學年度：於八十七年三月二十六日、二十七日舉辦「台灣地區(1945年以來)現代童話學術研討會」，有洪淑苓〈台灣童話作家的顛覆性格〉等十三篇論文。

　　八十七學年度：於八十八年五月二十六至二十八日舉辦「台灣地區兒童文學與國小語文教學研討會」，有楊茂秀等二十八人發表論文。

　　四、該校認為師院生為兒童文學教育的尖兵，除了理論的講授，也要提升創作的風氣，於是在民國八十二年向教育部申請成立全國師院生兒童文學創作獎，旋即獲准。在八十三年六月二日舉行「第一屆師院生兒童文學創作獎頒獎典禮」，各師院均派教師及學生參加，一百餘位兒童文學愛好者亦應邀出席觀禮。活動中有得獎者的創作報告、指導老師的話、評審委員講評、兒童劇表演，可謂盛況空前，贏得熱烈掌聲，對各師院的兒童文學發展，有極大的助益。

　　其後，該校又連續在八十四年及八十五年的五月舉辦了第二、三屆兒童文學創作獎發表會，奠定了該文學獎的基礎，功不可沒。目前這項文學獎已由各師院輪流主辦。

　　五、民國八十五年八月教育部核准該校成立兒童文學研究所，該校聘請林文寶教授擔任籌備主任。林教授接辦之後，立即展開各

項籌設工作，並分別於八十五年十一月三十日及十二月十四日在台北及高雄舉辦兩場「籌備建言座談會」。終於在八十六年五月二十九日錄取了十五位學生，九月全部報到，開始了國內第一所兒童文學研究所的課程。自此，台東師院成為研究兒童文學的重鎮，已不待言。不過，該校此一成果，得來並不易，誠如林所長在籌備建言座談會中一再強調的：是經過十年努力和思考得來的。縱觀該校十餘年來在兒童文學上的成果，可謂實至名歸。林所長並於八十六年十月出版《一所研究所的成立》一書，公布該所從籌備到招生的一切資料，詳細完備，是一本極為珍貴的史料，該所的認真、細心，由此可見。

今年六月已有第一屆畢業生，並有一、二年級研究生共三十名。其中洪志明、陳昇群、游鎮維、楊佳惠、林玲遠等人於年內參加國內各項創作獎，迭獲佳績，未來發展潛力不容忽視。現在他們全力攻讀兒童文學，就各人專長興趣選擇研究領域，相信來日必能為兒童文學理論研究及創作迸放燦爛的光采。

肆、人物篇

台東地區從事兒童文學研究及創作的人數並不多，多集中在各級學校的老師，現將目前仍在台東，且已結集出書的作者列名於后：

一、林文寶

＊專書：

1.試論兒童詩教育　教育廳　75.5

2.兒童文學故事體寫作論　復文書局　76.2　富春文化事業公司　82.3

3.兒童詩歌研究　復文書局　77.8　銓民國際公司　84.2

4.楊喚與兒童文學　東師語教系　83.5　萬卷樓圖書公司　85.7

5.兒童詩歌論集　富春文化事業公司　84.11

6.海峽兩岸兒童文學交流之研究　國科會　87.7

＊主編與召集

7.兒語三百則與理論研究　知音出版社　78.5　駱駝出版社　86.7

8.兒童文學論述選集　幼獅文化事業公司　78.5

9.兒童歌謠類與探究　知音出版社　78.7

10.童詩三百首與教學研究　知音出版社　78.7

11.認識兒歌　中華民國兒童文學學會　80.12

12.鹿鳴溪的故事　台東師院語教系　81.5

13.認識童話　中華民國兒童文學學會　81.11

14.兒童文學　國立空中大學　82.6

15.豐子愷童話集　洪範出版社　84.2

16.兒童文學　五南圖書出版公司　85.8

二、楊茂秀

＊專書

1.看看我的新內褲　毛毛蟲兒童哲學基金會　79

2.觀念玩具‧蘇斯博士與新兒童文學(與吳敏而合著)　遠流出版公司　82.6

3.毛毛蟲的思考　泰豐文教基金會　83.6

＊翻譯

4.哲學教室　台灣學生出版社　68

5.靈靈　王子出版社　74　毛毛蟲兒童哲學基金會　85.3

　　3.楊喚童詩賞析　國語日報社　82.12

　　4.作文旅行(兒童旅遊與寫作)　國語日報社　86.4

　　5.遊山玩水好作文(兒童旅遊與寫作)　爾雅出版社　88.3

八、胡月香

　　1.小螞蟻回家　信誼基金會

九、夏曼・藍波安

　　1.八代灣的神話　晨星出版社　81.6

十、周宗經

　　1.釣到雨鞋的雅美人　晨星出版社　81.6

伍、回顧與前瞻

　　台東兒童文學發展從民國六十一年起步，到八十六年成立兒童文學研究所，二十五年間，可謂篳路藍縷，艱辛異常，但由於不懈的努力，終能開創一條坦途。回顧昔日兒童文學發展的風雨，有下列幾點特色：

　　一、缺乏媒體：台東地區沒有報紙，沒有雜誌，作者發表園地相對受到限制，影響創作意願及發展。

　　二、資源有限：台東由於地處偏遠，除了師院的學術研討會，一般演講、討論會、展覽等活動，幾乎都與台東無緣，自然影響風氣。

　　三、以學術理論研究為主，創作風氣不盛：台東兒童文學發展，大抵以師院的學術理論研究為主，成果也斐然，但在創作上卻不能同步展現亮麗的成績。過去在台東師院讀書的朱秀芳、陳文和等畢

業後到北部及中部發展，在創作上都有極爲出色的表現，他們無法留下爲這塊園地效力，十分可惜。

　　四、以興趣爲主，衝勁十足：兒童文學工作者在民國六、七十年代，即使在北部也都是極爲寂寞的，台東各方面資源有限，這種感覺尤甚。在此地爲兒童文學努力的人，都是由於個人的興趣，憑著一股熱誠，或研究，或辦雜誌，或創作，回顧過去的漫漫長路，更令人珍惜。

　　目前台東兒童文學的外在環境雖然沒有多大改變，但由於台東師院兒童文學研究所的開辦，已開啓了一個嶄新的世界，衡諸未來，我們充滿了下列期許：

　　一、善用兒童文學研究所：兒文所既已設立，台東人更該珍惜，不能讓它獨立於台東之外。縣政府應善用這個資源，經常舉辦教師研習，安排教授到各校輔導，以提昇台東地區教師兒童文學的水準，全面帶動兒童文學的發展。兒文所也可以主動與各校配合，舉辦各項演講、討論、在職進修，更可以將各實務課程或研究計畫，在各校實施，使師生受益。

　　二、擴大舉辦研究生論文發表會及學術研討會：研究生論文大多爲務實作品，舉行發表會，可讓有興趣的老師參與，藉機進修；研究生也可以藉此磨練，培養學術討論的能力。另外，各項學術研討會如能增加台東各校參加名額，對本地兒童文學的發展，將有更大的助益。

　　三、鼓勵創作出版：請台東縣政府積極鼓勵師生參加「兒童文學獎」，省立台東社教館能恢復「東區兒童文學獎」，而創作者多與台東縣立文化中心配合，爭取出版機會，提高創作意願與水準。

　　四、創辦兒童文學雜誌：學術理論研究書刊雖已有台東師範學院的《兒童文學學刊》，但一般理論及創作雜誌仍然缺乏，亟需一份大眾化的雜誌，以激發大家寫作的熱情。

陸、結語

　　台東兒童文學的發展，缺乏良好的環境條件，但終能憑著熱誠與努力，涉過風雨，迎向燦爛的陽光，擁有一片屬於自己的藍天。現在的它，充滿熱誠與衝勁，高舉著理想勇往邁進，誠如林文寶教授在《一所研究所的成立》裡所說的：「兒文所的設立主旨在傳承兒童文學研究的經驗，與開拓兒童文學研究的領域，使其成為台灣地區兒童文學研究的中心，進而帶領華文世界兒童文學的風氣。」(175頁)這是何等豪壯的志願與宣言！我們充滿了信心，奔向前去。

附錄：編年記事

民國61年：9月台東師專開設兒童文學課程
民國70年：暑假慈恩兒童文學研習營在大武紫雲寺開辦
民國72年：4月海洋兒童文學研究雜誌創刊
　　　　　9月台東縣政府在各學校推動兒童劇
民國73年：12月東區兒童文學研習營在台東縣政府舉行
民國74年：台東縣政府設立兒童文學獎，規定各校必須參加
民國76年：省立台東社教館設立東區兒童文學獎
　　　　　9月師專改制為師院，兒童文學列為必修
民國77年：1月成立台東兒童劇團，演出「夾心餅乾列車」

民國78年：1月台東劇團舉辦兒童戲劇指導教師研習營

　　　　　5月台東師院舉行兒童文學學術研討會

民國79年：4月台東劇團演出「七隻小羊」、「森林親善大使」、「小

　　　　　猴子進城」

　　　　　12月演出「四大神龜與青蛙王子」

民國80年：12月台東兒童劇團演出「森林火車」

民國81年：6月台東師院舉行兒童文學學術研討會

　　　　　7月台東兒童劇團舉辦兒童劇夏令營

民國82年：台東師院舉行兒童文學學術研討會

　　　　　郭美女創辦小木偶兒童劇團

民國83年：1月台東縣立文化中心舉辦兒童文學欣賞、創作研習營

　　　　　3月起小木偶劇團巡迴全省公演「小木偶奇遇記」，4月

　　　　　在富岡國小舉辦原住民兒童音樂戲劇文化營

　　　　　5月台東師院舉行兒童文學學術研討會及第一屆師院生

　　　　　兒童文學創獎作獎

民國84年：3月起小木偶劇團巡迴全省公演「新白雪公主」

　　　　　5月台東師院舉行第二屆兒童文學創作獎發表會

　　　　　8月台東縣立文化中心在綠島舉辦歌頌海洋兒童文學研習

　　　　營

　　　　　11月起小木偶劇團巡迴台東公演「豆豆與小飛俠」

　　　　　12月台東縣立文化中心舉辦兒童文學創作研習營

民國85年：2月台東縣立文化中心舉辦暢遊書海研習營

　　　　　2月起小木偶劇團巡迴全省公演「小紅帽歷險記」

　　　　　5月台東師院舉行第三屆兒童文學創作獎發表會

　　　　8月在省立台東社教館舉辦兒童音樂戲劇夏令營

　　　　8月教育部核准台東師院籌設兒童文學研究所，由林文

　　　寶教授擔任籌備主任

　　　　8月台東縣立文化中心舉辦童謠天地研習營

　　　　8月台東兒童劇團舉辦兒童劇夏令營

　　　　9月台東縣立文化中心舉辦童詩欣賞及創作研習營

　　　　12月起小木偶劇團巡迴全省公演「頑皮的咪咪貓」

民國86年：3月台東師院舉行兒童文學學術研討會

　　　　7月台東兒童劇團舉辦四果冰兒童劇夏令營

　　　　8月小木偶劇團在省立台東社教館舉辦兒童音樂戲劇夏

　　　令營。

　　　　9月國內第一所兒童文學研究所在台東師院開學，所長

　　　為林文寶教授

　　　　12月起巡迴台東、花蓮公演「彩虹女」

民國87年：1月小木偶劇團公演「彩虹女」，8月在省立台東社教館舉

　　　辦兒童戲劇夏令營

　　　　3月台東師院舉行兒童文學學術研討會，並出版《兒童文

　　　學學刊》創刊號

　　　　7月台東兒童劇團舉辦八寶冰兒童劇夏令營

民國88年：5月台東師院舉行兒童文學與國小語文教學學術研討會

附記：感謝台東師院林文寶所長、賴素珍老師、小木偶劇團郭美女

　　　教授、台東劇團劉梅英團長、謝碧紅老師、張中元校長等人

　　　提供各項資料，使本文能順利完成。

（本文原刊於中華民國兒童文學學會會訊，15 卷 2 期，1999 年 3 月）

後山的兒童文學花園

黃　木　蘭

後山的兒童文學花園

❖黃木蘭

壹、前言

後山的花蓮地處偏遠，開發較慢，更因交通的阻隔，文化的衝擊不夠熱絡，於一切政經建設尚在緩緩起步的時代裡，兒童文學的發展恰似含苞待放的蓓蕾，等待著雨露的滋潤。

談到花蓮兒童文學發展的過程，那點燃希望之火花的「貴人」，應該歸功於民國六〇年，當時的台灣省政府教育廳的潘振球廳長及板橋國校教師研習會主任陳梅生博士。由於他們深切的體認兒童文學欣賞與創作教學在教育上的重要性，於是召集全省各地的兒童文學創作者及熱心於兒童文學教學的教師們，在板橋國校教師研習會，作為期一個月的「兒童讀物研究寫作班」集訓。這一研習活動雖然只進行了八個梯次，但這項研習，不但鼓舞了兒童文學創作者出發的勇氣，也把兒童文學教育的觀念和思潮，撒播到全省各地，更為貧瘠的花蓮兒童文學園地埋下了愛的種苗。

當時，黃郁文校長及葉日松老師就是被徵召去參加「兒童讀物研究寫作班」的第一批學員。他們在研習返花之後，即分頭進行兒童文學「播種」的工作。黃郁文校長一面積極從事個人的兒童文學作品創作，一面努力於兒童文學教學的推廣工作，希望在民族幼苗的心田裡撒播兒童文學的種苗，特別是民國六十八年到七十八年間，在花蓮縣壽豐鄉的平和國民小學服務期間，和學校的蔡萬得教導、王松階主任、郭儀老師等併肩努力，不但為平和國小的兒童文學開闢了欣欣向榮的氣象，也為花蓮縣國民小學推動兒童文學風

氣，點燃希望之火。當時其他學校，雖然也有一二位熱心於兒童文學的老師們致力於兒童文學教學工作，但從校長到學生「全校總動員」投入兒童文學發展工作的學校，則寥寥無幾，平和國小算是「獨樹一格」。不僅學生的作品天天上報，培養出不少兒童文學創作的人才，還將被刊出的作品集結成冊，共出版了春天等七集的作品專輯，寫下了光榮的校史紀錄。

同樣的，葉日松老師結訓後不但積極創作，也費心的引導一批批莘莘學子邁入文學國度，是花蓮縣許多國民中學及高級中學裡文學愛好者的「文學導師」，培養了許多文學人才。民國七十六年起，葉日松老師在朋友的鼓舞與支持下，開始投入兒童詩的創作與教學之行列，不但在花蓮縣文化中心主持了六期的童詩研習班，指導國民小學中高年級的小朋友從事童詩欣賞與創作，個人更是積極從事童詩創作的努力，同年就出版第一本童詩集「葉日松童詩選集」，不僅創造個人文學生涯另一輝煌的史頁，更為花蓮這塊「文化沙漠」注入一股清泉，實令人敬佩萬分。

兒童文學是最近一、二十年才受到普遍的重視，但是在各縣市教育機關及有心人士大力推展之下，卻蓬勃發展，造成一股文學新氣象，出版品如雨後春筍，不但印刷精美，而且內容豐富，為兒童提供了多樣的精神糧食。然而，花蓮的兒童文學推展工作，雖有不少「有心人士」努力耕耘，只可惜大部分仍停留在「單兵作戰」的時代，少有行政機關積極推動與規劃，一切總顯得有些「勢單力薄」的滄涼，所以目前仍有很大的努力空間。

貳、走過歲月的痕跡

　　所謂「獨木何以成林，單絲難以成線，共襄盛舉成就事，捉襟見肘難辦事」。兒童文學的推展工作，不是一個人或是一個單位就可以成事，後山的兒童文學花園更需要成群結隊的「螞蟻雄兵」才能有一番作為。尤其對兒童文學的推廣與教學工作，唯有透過制度化的研習活動及提供廣大的發表園地，才能發揮一而十；十而百；百而千的承傳綿延。不過，由於行政單位對兒童文學工作不甚熱衷，所以，花蓮縣兒童文學的研習活動或相關的社團，與他縣市相較之下仍嫌單調，其中比較重要的兒童文學研習活動摘錄如下：

　　一、民國七十六年暑假，花蓮市文化中心開辦第一期小朋友童詩夏令營，連續四年共辦理了六期，由葉日松擔任講師。

　　二、民國七十八年五月，全縣國小教師兒童文學研習會，各校派一名教師參加，北區在民族國小舉行，南區在瑞穗國小舉行。由黃郁文、葉日松、杜淑貞、陳侃等擔任講師。

　　三、民國八十年二月二日至三日，全縣國小教師兒童文學研習會，在花蓮市勞工育樂中心舉行。擔任講師的有兒童文學作家林武憲、邱阿塗、許學仁、王可非、杜淑貞和葉日松等。

　　四、民國八十一年七月六日至十一日及同年七月十三日至十八日，分別在花蓮市文化中心及鳳林國小舉行夏季兒童藝術週活動，參加者為國小學生，由黃郁文、葉日松、林正宗、張正傑、吳鴻禧擔任講師。

　　五、民國八十一年文藝夏令營，由花蓮縣立文化中心主辦，參加對象為國民中小學學生。

　　六、民國八十三年春假救國團花蓮團委會主辦「少年洄瀾文藝營」，地點在花蓮學苑，參加人員為國民中小學學生。由林煥彰、林少雯、馮菊枝、葉日松、黃郁文等擔任講師。

七、民國八十四年暑假少年文藝營，由救國團及文化中心合辦。地點在花崗山青年活動中心，參加者為國小高年級及國中一年級的學生，講師有林宜澐、邱上林、黃郁文、劉富士、陳黎、葉日松、游鏽華等人。

八、民國八十五年二月五日至七日，花蓮文化中心主辦兒童文學研習營，地點在文化中心視聽室，參加者為國小教師及社會人士，研習內容分童詩、童話及少年小說等三部分，講師有：李潼、張子樟、葉日松。

九、民國八十六年五月文化中心舉辦「詩人節詩句接力」比竸，地點在美崙大飯店，參加人士除了小朋友及家長外，還有高中學生和社會人士，在現場指導的詩人有顏崑陽、許學仁、葉日松等人。

十、民國八十七年二月十四日至十六日由花蓮市文化中心舉辦「國小教師兒童文學研習營」，研習課程由李潼、張子樟及葉日松分別擔任有關童話、少年小說及童詩的欣賞、創作及教學。

十一、民國八十八年元月九日至十日，花蓮縣政府教育局首次辦理「花蓮縣國民中小學師生兒童文學研習營」，分別在花蓮縣玉里鎮的德武國小及秀林鄉的文蘭國小同時舉行，研習內容有童詩、童話創作教學、認識古典文學中的兒童文學、及非文學類兒童文學創作的講解等，分別由林煥彰、朱錫林、黃郁文、葉日松、徐泉聲、杜淑貞、張珍玲等擔任講師。

參、精神糧食

兒童文學是兒童心靈的陽光與花朵，帶給他們生命的燦爛和芬芳，良好的兒童文學作品是兒童重要的精神糧食，供給他心靈成長

的能量與養料。所以，為孩子而寫作的兒童文學作品需要提倡，而孩子願意從事創作則更是需要鼓勵。斐斯塔洛齊說：教育無他，唯愛與榜樣而已。同樣的兒童文學的教育工作也是如此，除了愛心教師的熱心指導與行政單位的推動之外，多出版一些有參考價值的兒童文學作品(榜樣)與開闢多元化的發表園地，實為必要之舉，然而，由於花蓮縣的兒童文學一直停留在「休眠」狀態，各校為了鼓勵學生創作與發表，雖然有不少學校發行「校刊」，但全縣性的兒童文學刊物或發表園地，仍是少之可憐，而屬個人的兒童文學創作或研究專輯則更是少見，也未見專屬於兒童文學的專刊或雜誌。現謹將所搜集到的資料一一列舉，當然也許會因為個人的疏忽，造成遺珠之憾，在此敬請花蓮鄉親及兒童文學愛好者多多指正與充實。

一、機關學校的出版品

　　(一)自從黃郁文校長調任平和國民小學之後，即積極推展兒童文學的創作教學，為平和國民小學帶了兒童文學的「春天」，黃校長在平和國小服務的十年歲月中，不僅將平和國民小學的師生帶領進入兒童文學的殿堂，也為花蓮縣兒童文學彩繪了絢麗史頁：

　　　　1.民國六十八年八月由指導老師郭儀先生自費印行了《春天第一集》六百多本，除了贈送給每一位小作家留念之外，也分送全省各公私立圖書館留存，

　　　　2.民國七十一年元月，為了慶祝創校二十週年校慶，出版了《小雲雀》童詩集，收錄了平和國小師生二三六篇童詩創作的結晶。

　　　　3.民國七十二年元月出版了《春天續集》。本書曾獲得當時的蔣經國總統及前副總統謝東閔先生的專函嘉勉。

　　　　4.民國七十二年五月七日為了慶祝母親節，全校師生親手為

繪製了一本手抄本詩集，並題名為「獻給母親的詩」，這是平和國小兒童叢書的第四集。

　　5.民國七十三年夏天，又集結小作家們在報刊雜誌上發表過的童詩、散文三百多篇，出版了《春天第三集》。

　　6.民國七十五年十月為了紀念先總統蔣公百年誕辰，及慶祝二十五週年校慶，又集合了小作家們在報刊雜誌上發表過的童詩、散文三百多篇，出版了《春天第四集》。

　　7.民國七十七年七月為了紀念平和國小兒童叢書第七集的出版，特選定了七十七年七月七日這一天出版了《春天第五集》。

　　(二)為了鼓勵花蓮縣國民中小學師生從事兒童文學作品的創作與教學，花蓮縣政府教育局自民國七十五年開始辦理全縣國民中小學師生的兒童文學徵文競賽活動，然後再將獲勝的作品集結成冊，分贈給每位得獎作者、縣內各國民中小學及其他縣市文化中心和教育局參考：

　　1.花蓮縣政府教育局出版《花蓮兒童專輯》，自民國七十五年到民國八十四年共出刊了十輯。內容包括有童詩、童話、兒童散文等。

　　2.於民國八十五年出刊的專輯第十一輯，則更名為《花蓮縣兒童文學創作專輯》，接著民八十六年則出版了《花蓮縣兒童文學創作專輯第十二輯》，專輯內容有童詩、童話、兒童散文等，民國八十七年因故中斷。

　　3.民國八十八年五月則又繼續出版了《花蓮縣兒童文學創作專輯第十三輯》。本輯內容除了有童詩、童話外，開闢了「少年小說」的徵文項目，由於大家對少年小說的創作手法不甚熟悉，所以只有近三十篇的應徵稿件，不過，總算為花蓮縣的兒童文學界，打

開另一片新的園地，值得大家繼續經營和努力。

　　(三)繼平和國小之後，位於吉安鄉的北昌國民小學，在校長陳鎮塗辛勤的推動與經營之下，兒童文學的種苗也已綻放馨香的訊息：

　　1.民國八十四年三月，在行政院研考會的獎助及教育廳的贊助之下，出版了《兒歌童詩專輯》第一輯。

　　2.民國八十六年元月，在行政院衛生署獎助及教育廳贊助之下，出版了《兒歌童詩專輯》第二輯。

　　3.民國八十八年元月份又接受行政院交通交通部及教育部的獎助，發行了《兒歌童詩專輯》第三輯。

　　4.於民國八十六年五月，在教育廳、台東社教館及慈濟慈善事業基金會等單位的支持下，出版了《兒童劇本創作專輯》，最難能可貴的是，這些在花蓮縣是首開先例的兒童劇本之創作，是出自國民小學四年級學生的作品，實在令人敬佩。

　　(四)民國八十五年花蓮文化中心舉辦「兒童文學研習營」，研習內容分童詩、童話及少年小說等三部分，上課方式除了老師講課之外，並指導與會者現場創作並限期完稿，講師當場解說與講評，之後，這些研習成果，由葉日松老師編輯成冊出版，名爲「我們一起寫童年」。

二、名師的智慧寶典

　　目前在花蓮地區的兒童文學作家尚屬「稀有族群」，這部分實在值得花蓮的教師及鄉親們投注更多的心力，現謹將個人所搜集到有關花蓮兒童文學作家們出版之著作摘錄於後，疏漏之處在所難免，請大家不吝指正：

　　(一)黃郁文：

《吉蘭島》、《山路》、《林忠伯的故事》、《四十八高地》、《金蝶與小蜜蜂》、《月亮湖》、《翻譯世界童話集》、《鯉魚山頑童》、《台灣近海的魚兒》、《美麗的珊瑚礁》、《海裡的大魚》、《蝦兵大集合》等三十幾本。

(二)葉日松：

《葉日松童詩選》、《童詩開獎》、《童詩分析》、《我們一起寫童年》、《全國小童詩選》、《國小作文佳作選》、《如何寫好作文》、《作文指導》、《我的夢在夜裡飛行》(童詩)、《最新童詩賞析》等。

(三)張子樟：

《閱讀與詮釋之間》(兒童文學評論集)、《閱讀的喜悅》(兒童文學評介)等。

(四)杜淑貞：

《國小作文教學探究》、《兒童文學與現代修辭學》、《兒童文學析論》、《小學生寫作知識的理論與實踐》、《小學生文學原理與技巧》等。

肆、展望與期許

花蓮兒童文學的起步，可以追溯到民國六〇年，近三十年來，由於缺乏一個強而有力之行政動力的主導，也久缺一個結構緊密的組織來運作，因此，許多兒童文學的明珠可能因此而「蒙塵」、許多兒童文學的巨浪可能因此而攤在沙灘上，所以身為兒童文學的愛好者，謹列舉一些誠摯的「心語」，但願我們能在這跨世紀的前夕，為花蓮兒童文學的發展做好準備：

一、兒童文學人才需要積極發掘和培植

　　競賽和獎勵往往是一般兒童文學作者起步的動機和前進的動力，然而，大型的、全國性的競賽和文學獎助已經為數不少，但屬於地區性者則相當缺乏。全國性的競賽，對象眾多，競爭激烈，尚在學習階段的後山青少年，實在很難有奪標的機會。為了鼓勵青少年朋友投入兒童文學耕耘的陣營，希望地方政府及相關機構能投注更多的資源，為花蓮的兒童文學園地澆水施肥。

　　其次，研習會和寫作班更是一般兒童文學作者成長的重要契機。有些本來很有潛力的兒童文學幼苗，在自我摸索追尋的過程中，很可能因為得不到適時的指導與鼓勵，其寫作的熱情與意願則漸冷卻而消失了，這對其個人和社會都是一種損失。所以建議各級學校要落實兒童文學的教學、政府機構或企業團體則應大量辦理兒童文學的研習會或寫作班，發掘並培植更多更優秀的兒童文學人才。

二、積極開發更寬廣及多元化發表園地

　　公開、多元的發表園地是兒童文學開花結果的媒介，目前花蓮縣僅有更生日報、聯統日報兩家地方報定期開放園地接受投稿。發表的空間不甚開闊，會影響兒童文學作者創作的意願與成就感，故建議教育行政單位或其他企業團體、或文教基金會拓展兒童文學發表的園地，創辦「花蓮縣兒童文學雜誌」或「兒童文學報」等，以供兒童文學作家們有較寬廣的揮灑空間。

　　除了平面媒體的發表園地之外，我們可以利用無遠弗屆又價廉物美的電腦網路媒體，搭建一個結合聲光動畫等先進科技的兒童文學發表園地，相信這不但對兒童文學作者有鼓舞的作用，還可以吸引更多的兒童文學愛好者、學習者，共同來耕耘這片土地。

三、獎勵出版提昇品質

　　獎勵出版優良的兒童文學作品，對作者本是莫大的榮耀與激

勵，而對兒童文學的學習者來講更是得到一個學習的範本，所以爲了提高創作意願與作品水準，建議政府機關及企業團體積極獎勵出版優良的兒童文學作品，或成立「花蓮縣兒童文學基金會」，定期舉辦競賽及出版活動，以提昇花蓮兒童文學的水準。

伍、結語

　　花蓮好山好水，山川峻麗，海天遼闊，是人間生活的淨土，更是遊山水、吟詩作文的好地方。過去，花蓮的兒童文學花園雖然不甚豐腴，但在這跨世紀的關鍵時刻，我們對花蓮兒童文學的發展，仍然寄予無限的厚望，我們希望透過行政單位更大資源的投注，希望老師們持續不斷的努力，希望年少文友們的用心學習，辛勤耕耘，使花蓮這顆凝聚生命光輝的兒童文學種子，能夠在自然秀麗的花蓮山水間再播種、再吸收、再涵養、再成長，進而盛放美好燦爛的花香，讓兒童文學的生命融入孩子的生活天地。

附註：感謝葉日松老師、黃郁文校長、陳振塗校長、杜淑貞教授等　　　　提供重要資料，使本文得以完成，謹此致上虔敬的謝意，並　　　　請多多賜教。

宜蘭縣兒童文學史料初編

邱　阿　塗

宜蘭縣兒童文學史料初編

❖ 邱阿塗

壹、前言

　　宜蘭縣雖然是一個地處窮壤的小縣，卻由於擁有一群充滿愛心與教育熱忱、默默犧牲的教育工作者，在全省乃至全國兒童文學界中相當受人重視，在全國兒童文學拓展的歷程中，甚至被視為走在最前面的縣市之一，尤其是最近幾年更是連連獲得幾項大獎：先是本縣國教輔導團整理本縣推展兒童文學教育資料及成果，定名為「兒童文學在宜蘭」，民國七十二年度參加全省首屆國語文教育資料展，獲得全省各縣市一致的好評，並榮獲全省第一名；接著是二十餘年來一直負責推展本縣兒童文學及閱讀指導工作的宜蘭縣兒童文學研究發展中心總幹事邱阿塗，以其長達十萬多字的兒童文學評論集--《兒童文學的新境界》和《怎樣指導兒童課外閱讀》二書榮獲七十三年度中興文藝獎，為國內榮獲中興文藝獎兒童文學獎的第一人。然後是省立羅東高工教師賴西安（筆名李潼）以其少年小說《天鷹翱翔》、《順風耳的新香爐》、《再見天人菊》三書，連續三年榮獲民國七十三年度（第十二屆）、七十五年度（第十三屆）洪建全兒童文學獎少年小說獎的第一名；本縣出身，現任聯合報編輯，兼中華民國兒童文學學會總幹事的名詩人林煥彰榮獲七十五年度中興文藝獎：民國七十七年賴西安再以《大聲公》榮獲第卅屆中山文藝獎兒童文學獎，民國七十九年又以《博士・布都與我》榮獲七十八年度國家文藝獎；同年六月再以《帶爺爺回家》榮獲臺灣省第三屆兒童

文學獎少年小說獎首獎，是近年來創作最豐，得獎最多的少年小說作家。從這些獲獎記錄看來，本縣兒童文學的拓展，真可以說成果豐碩，不過，這些都是那一些默默犧牲奉獻的教育工作者，多年來一點一滴的努力耕耘累積而成的成果，因此，我們希望藉此機會，把他們這幾十年來的努力耕耘的點點滴滴翔實的一一記錄下來，以為今後研究及推廣蘭陽地區兒童文學的人留下資料。

貳、發展概況

一、拓荒時期

民國四十五年：藍祥雲在五結國小編輯宜蘭縣第一張校刊--《青苗》。

民國四十六年：邱阿塗在廣興國小任教導主任，開始編童話故事。

民國四十九年：邱阿塗、黃春明、吳柳彬、許阿田等在廣興國小開始兒童文學研究。

民國五十年八月：藍祥雲出版師生合著《美麗的童年》文集。

二、播種時期

民國五十三年元月：羅東鎮各國小聯合刊物---「青苗」誕生；藍祥雲任總編輯，邱阿塗任副總編輯。

民國五十八年：邱阿塗受聘擔任縣國教輔導團閱讀指導輔導員，到全縣各國小輔導及推廣兒童課外閱讀指導，並鼓勵各國小成立圖書館，加強課外讀物閱讀指導，將課外閱讀指導工作推廣到全縣各地。

民國五十八年：邱阿塗調任羅東國小教導主任。在羅東國小全面推展課外閱讀指導，並成立兒童文學寫作班，指導兒童寫作。

民國五十八年十一月：邱阿塗邀藍祥雲協助指導兒童文學寫作班。

經研商，決定擴大為羅東鎮各國小兒童文學研習冬令營，廣邀鎮內各國小擅長作文指導的老師義務指導。經費由邱阿塗和藍祥雲負擔，學生完全免繳費用。

民國五十九年二月：羅東鎮各國小兒童文學冬令營成立，義務任教老師有：邱阿塗、藍祥雲、吳柳彬、藍國慶、邱石虎、王琳、張燦鈿、黃清勳、王奎陽、游靜江、邱珮華、徐春枝、林麗華、陳麗華等人，這個研習冬令營連續辦了好幾年。

三、萌芽時期

民國六十年三月：邱阿塗編著的《怎樣指導兒童課外閱讀》由省教育廳出版，並列為教師輔導叢書語文類第一號叢書。

民國六十三年四月：藍祥雲童話故事《金色的鹿》再版。

民國六十五年九月：藍祥雲《金色的鹿》再版。

民國六十六年二月：羅東國際獅子會支援兒童文學冬令營研習用紙張一季。

民國六十六年八月：羅東國小新建圖書館落成，邱阿塗與藍祥雲聯名邀請全國聞名的兒童文學作家蘇尚耀、林鍾隆、許義宗、傅林統、徐正平與本縣籍作家於落成典禮中與兒童見面；並假新建圖書館舉行宜蘭縣第一屆兒童文學座談會，共同研究推廣兒童文學的方法。

民國六十六年十月：藍祥雲譯作《兒童詩欣賞》出版。

民國六十六年十二月：李英茂譯作科幻小說《太空醫生》出版。

民國六十六年十二月：李英茂譯作童話《華妮阿姨和動物們》；藍祥雲譯作童話《紙船的奇幻旅行》、《飢腸轆轆的遠足》、《危險！危險！老鼠們》出版。

民國六十七年八月：宜蘭縣國教輔導團為加強推展兒童文學教育，

增設兒童文學輔導員一職，敦聘邱阿塗、藍祥雲二人擔任，負責推展本縣兒童文學工作。

民國六十七年十月：藍祥雲編譯的童話集《吃月亮的故事》出版。

民國六十七年十二月：李英茂譯作童話《巨人和玩偶匠》；藍啓育譯作童話《兔子趕走野狼的故事》；藍祥雲譯作童話《怪獸飛麟與神父》相繼出版。

四、茁壯時期

民國六十八年二月：邱阿塗與藍祥雲二人為了推展兒童文學教育，於羅東國小少年科學文化教育中心舉辦宜蘭縣第一屆全縣國小教師兒童文學研習會，邀請《月光光》詩刊主編林鍾隆、童話作家徐正平義務講授指導。由：邱阿塗主講〈兒童文學的源流與分類〉；林鍾隆主講〈兒童詩的創作與欣賞〉；徐正平主講〈童話的創作與欣賞〉；邱阿塗、藍祥雲、劉秀男、陳美里、林正義、王奎陽分別主持分組研習。參加研習教師約一百人。

民國六十八年五月：藍祥雲譯作童話《頑童和山羊》出版；同年七月：藍祥雲譯作童話《怪獸飛麟與神父》、《紙船的奇幻旅行》、《飢腸轆轆的遠足》、《危險！危險！老鼠們》和《兒童詩的欣賞》相繼出版。李樹根童話《蘋果樹下的太空船》、《太空船再度回到蘋果樹》；李英茂少年小說《珊瑚島的冒險》、莊振榮少年小說《衝吧！白狼》等亦相繼出版。

民國六十九年元月：宜蘭縣第二屆全縣國小教師兒童文學研習會仍由邱阿塗主辦，藍祥雲、劉秀男協辦下，假羅東國小科學文化教育中心舉辦完成。曾以《兒童文學論》一書榮獲中山文藝獎的兒童文學理論家，台北市立師專教授許義宗和兒童文學評論家傅林統均義

務前來相助。參加研習教師約一百人。許義宗主講〈兒童文學的新理念鄉〉；傅林統主講〈兒童詩的特質及寫作技巧〉；邱阿塗主講〈童話的特質及寫作技巧〉；分組研習仍由藍祥雲、邱阿塗、林正義、劉秀男、陳美里等人主持。

民國六十九年五月：宜蘭縣第一屆國小學生兒童文學創作比賽在羅東國小舉行，比賽項目分高年級童話、童詩；中年級散文及低年級兒童創作四項。參加學生共三百多人。

民國六十九年九月：邱阿塗的創作童話集《蘭苑》在邱阿塗、藍祥雲、劉秀男等人的辛苦編輯下終於出版。

民國六十九年：王建華校長編寫的《兒童詩歌欣賞指導》出版。

民國七十年二月：宜蘭縣第三屆全縣國小教師兒童文學研習會仍然在羅東國小舉行；本縣出身榮獲國際詩人獎和中山文藝獎的詩人林煥彰應邀來演講。會中由林煥彰主講〈兒童詩創作〉；邱阿塗主講〈怎樣寫童話--童話寫作方法介紹〉。分組研習分童話、童詩二組，分別由邱阿塗、劉秀男和林煥彰、藍祥雲主持，輔導參與研習的老師實際創作。

民國七十年二月：邱阿塗的兒童文學評論集《兒童文學的新境界》出版。

民國七十年三月：邱阿塗論著《怎樣指導兒童課外閱讀》再版。

民國七十年六月：宜蘭縣第二屆國小學生兒童文學創作比賽在羅東國小舉行，仍分童話、童詩、散文、兒童創作四項，參加學生二百九十八人。

民國七十年七月：藍祥雲譯作少年小說《喂！喂！尼克拉》、《戰地友情》出版。劉秀男創作童話《麻雀搬家》出版。

民國七十年七月：廣興國小藍祥雲校長鼓勵全校老師改寫「世界名作幼年文庫」，計有林麗貞的《白雪公主》；陳有慶的《傑克和豌豆》；徐敏琪的《醜小鴨》；江彰模的《小黑三寶》；陳秀華的《小紅帽》；藍祥雲的《三隻小豬》和《小飛俠》；張秀雲的《灰姑娘》；楊恭靈的《聖誕歡歌》；林舜華的《北風和太陽》；黃炎的《阿拉丁和神燈》；嚴純瑜的《報恩鶴》；陳淑敏的《青鳥》；林秀珍的《人魚公主》；莊文龍的《國王的驢耳》；劉祖榮的《阿里巴巴和四十大盜》；曾耀松的《格列佛的冒險》；高連金的《野狼與七隻小羊》；江素宜的《不來梅的音樂家》；黃仁火的《大蘿蔔》等，一時傳為兒童文學界的佳話。

民國七十年九月：宜蘭縣成立兒童文學研究發展中心，設於羅東國小，由邱阿塗任總幹事。兒童文學輔導員由陳淸枝接任。

民國七十年：邱阿塗應邀到公正、成功、女子、順安、礁溪、四結、大溪、英士等校主講童詩、童話的欣賞與創作的方法。

民國七十一年二月：宜蘭縣第四屆全縣教師兒童文學研習會在羅東國小科學文化教育中心舉行，參加研習教師一百多名，本縣籍名小說家黃春明和詩人林煥彰應邀前來演講：黃春明主講〈民俗故事與童話寫作〉；林煥彰主講〈兒童詩的寫作技巧〉；分組研習及習作仍分童話、童詩二組，分別由邱阿塗、劉秀男、林煥彰、藍祥雲、陳淸枝指導。

民國七十一年二月五日：宜蘭縣兒童文學研究發展中心與臺灣省文藝作家協會宜蘭分會共同合辦宜蘭縣第一屆全縣性兒童文學座談會，由中心總幹事邱阿塗與協會理事長廖遠泰共同主持，並邀請名小說家黃春明、名詩人林煥彰列席指導。與會人士約一百人，羅東高工教師、民歌作詞家賴西安亦帶一部分文藝社團學生前來參加。

會中對於兒童文學今後的發展方向多所討論，咸認為兒童文學應植根於中國文化，讓兒童對本國文化有所認識與認同。

民國七十一年四月四日：藍祥雲、徐英豪、邱阿塗、劉秀男、陳清枝五人，自費出版《童心》詩刊，免費贈送全縣國小每一班級及愛好童詩的人。

民國七十一年六月：宜蘭縣兒童文學研究發展中心承縣教育局之指示，在羅東國小舉辦了宜蘭縣第三屆國小學生兒童文學創作競賽，參加人數三百二十餘人，仍分童話、童詩、散文、創作等四項比賽。

民國七十一年七月卅一日：林煥彰、藍祥雲、劉秀男、邱阿塗、陳清枝、徐英豪等人，以中華民國新詩學會、布穀鳥兒童詩學社、宜蘭縣教育局名義，在梅花湖三清宮主辦了一次全國性兒童文學研習營，報名參加研習的學員一百六十名，分別來自全省各地，他們在研習後，並當場舉辦創作比賽，選出優秀作品頒獎。

民國七十一年九月：邱阿塗創作童話《小雷公丟了飛雲車》出版；同年十二月再版。

民國七十一年九月：各學校紛紛出版校刊。

民國七十二年六月：宜蘭縣兒童文學研究發展中心承教育局之指示，於羅東國小舉辦宜蘭縣第四屆國小學生兒童文學創作比賽，參加人員近四百人，仍分四組進行比賽。

民國七十二年七月：邱阿塗等人奉教育局指示，主辦宜蘭縣第五屆兒童文學創作研習營，由邱阿塗主講〈童話的演變、分類與創作方法〉，陳清枝主講〈兒童詩的創作〉，並當場輔導研習人員實際創作。報名參加教師八十多人，學生四十餘人。創作成績相當可觀。他們以〈南門河在哭泣〉、〈嗚咽的南門河〉為題發抒了他們對河川污染

的抗議。這是兒童詩首次廣泛地談論公害問題，因此中國廣播公司宜蘭廣播電台，還特地邀請邱阿塗和入選教師、學生到該台錄製「兒童文學在宜蘭」節目，播放全省，引起社會大眾廣泛的注意。

五、收穫時期

民國七十二年十二月：縣國教輔導團指示縣兒童文學研究發展中心整理本縣兒童文學推展成果，定名「兒童文學在宜蘭」，參加臺灣省首屆國語文教育資料展，獲得全省各縣市一致的好評，榮獲全省第一名。

民國七十二年十二月：陳淸枝《春天》童詩研究創作集出版。

民國七十三年一月：藍祥雲譯作世界童話選集《格林童話選集》、《安徒生童話選集》、《日本童話選集》分別由大眾書局出版。

民國七十三年三月：本縣兒童文學研究發展中心總幹事邱阿塗，以其兒童文學評論集《兒童文學的新境界》及《怎樣指導兒童課外閱讀》等書榮獲中興文藝獎兒童文學獎（中興文藝獎從本年起始設兒童文學獎，邱阿塗為獲此兒童文學獎的第一人）。

民國七十三年二月：全縣第六屆國小教師兒童文學研習會於羅東國小科學文化教育中心舉行三天，參加研習教師與學生二百多人，為歷屆來最多的一次。研習由邱阿塗主講〈童話與生活故事、兒童小說的分別〉及〈童話的創作技巧〉；林煥彰主講〈兒童詩的三個創作觀〉；陳淸枝主講〈兒童詩的寫作指導方法研究〉、〈詩詞吟唱教學指導〉；陳木城主講〈談童詩教學的實際〉。分組研習及寫作指導由邱阿塗、劉秀男、藍祥雲、陳淸枝、徐英豪分別主持。

民國七十三年五月：宜蘭縣「美哉宜蘭」徵文，邱阿塗《永恆的大海龜--美麗的龜山島》榮獲童詩組第一名。

民國七十三年八月：全縣第七屆國小教師兒童文學研習會於八月七、八、九日在羅東國小科學文化教育中心舉行三天，參加研習教師約八十餘人。研習由《蘭陽文教》總編輯凌昌武校長主講〈寫作引導〉；邱阿塗主講〈現代童話創作〉與〈童話創作指導〉；林煥彰主講〈童詩講座〉；蘇振明主講〈兒童圖畫故事書之創作教學〉；黃有富主講〈作文教學〉；謝武彰主講〈兒歌的世界〉；藍祥雲、陳清枝主持童話童詩寫作比賽。

民國七十四年二月：全縣第八屆國小教師兒童文學研習會於二月十二日、十三日假羅東國小科學文化教育中心舉行兩天，參加教師一百一十名。本次研習特邀著名的童話作家黃郁文校長和兒童詩名作家趙天儀教授蒞會指導，由黃郁文校長主講〈童話創作指導〉；邱阿塗主講〈從安徒生童話說起----談現代童話創作〉；趙天儀主講〈兒童詩的創作、欣賞與批評〉；洪建全兒童文學獎少年小說獎第一名得主賴西安主講〈少年小說與李潼〉；藍祥雲主講〈童詩作品評析〉。邱阿塗、劉秀男、徐英豪、藍祥雲、陳清枝分別主持分組研習與實際創作。

民國七十四年六月：宜蘭縣兒童文學研究發展中心奉教育局、國教輔導團指示，於羅東國小舉辦宜蘭縣第五屆兒童文學創作比賽，參賽學生三百餘人，比賽分高年級童話、童詩、中年級童詩、低年級創作四組舉行。

民國七十四年六月：藍祥雲、李英茂主編世界名作圖畫故事，本縣國小校長、主任、教師多人投入翻譯改寫工作，並於本年六月相繼出版。廣興國小陳浪評老師改寫《孫悟空》；成功國小黃玉蘭老師改寫《愛麗絲夢遊仙境》；羅東國小邱逸鴻主任改寫《小鹿的故事》；

永樂國小劉秀男主任改寫《木偶奇遇記》；公正國小藍啟育老師改寫《尋母三千里》；北成國小校長藍祥雲改寫《辛巴達歷險記》；北成國小李英茂老師改寫《尼路斯的奇幻旅行》；東興國小徐英豪校長改寫《小飛俠》；育英國小李樹根校長改寫《青鳥》。

民國七十四年八月：宜蘭縣第九屆國小教師兒童文學研習營於八月十九日起在羅東國小科學文化教育中心舉行兩天，參加教師一百人。研習由藍祥雲主講〈從事兒童文學寫作的心理準備〉；邱阿塗主講〈怎樣指導兒童寫童詩〉；傅林統主講〈怎樣指導兒童寫童話〉；陳美里主講〈兒童劇廣播劇的寫作〉。劉秀男、邱阿塗、徐英豪分別主持分組研習與實際創作。

民國七十四年八月十九日：邱阿塗發表〈忍受寂寞，為孩子----記宜蘭縣兒童文學的耕耘播種與茁壯〉。

民國七十四年十一月：《蘭苑小集----童話散文枝葉》出版。

民國七十四年十二月二日：宜蘭縣兒童文學研究發展中心發表〈宜蘭縣兒童文學發展簡介〉一文。

民國七十五年一月：筆名李潼的賴西安，再度以《順風耳的新香爐》一書，榮獲七十四年洪建全兒童文學獎少年小說組第一名。

民國七十五年一月：李潼的獲獎少年小說《天鷹翱翔》出版。

民國七十五年二月：由藍祥雲、李英茂主編的彩色名著圖畫故事集出版。員山國小李季梅校長改寫《白雪公主》；北成國小校長藍祥雲改寫《灰姑娘》、《北風和太陽》；廣興國小劉祖榮主任等改寫《螞蟻和蟋蟀》；育英國小李樹根校長改寫《阿拉丁與神燈》；廣興國小陳浪評老師改寫《拇指姑娘》；公正國小藍啟育老師改寫《賣火柴的少女》；北成國小林舜華主任改寫《醜小鴨》；北成國小李英茂老

師改寫《國王的新衣》；羅東國小徐萬壽校長改寫《桃太郎》。

民國七十五年二月：藍祥雲譯作世界兒童文學全集《海倫凱勒》、《諾貝爾》，李英茂譯作《巴斯德》由光復書局出版。

民國七十五年二月：光復書局豪華版童話百科全書出版；全套二十本，藍祥雲、李英茂之譯作佔五本：藍祥雲《愛金的國王》、《哈美倫的吹笛手》、《青蛙王子》；李英茂《小紅鞋》、《格列佛遊記》。

民國七十五年二月：宜蘭縣第十屆國小教師兒童文學研習冬令營於二月十四、十五、十六日在羅東國小舉行，參加研習營教師一百名。本次研習特邀請兒童文學家馬景賢先生、張水金先生、杜榮琛先生蒞營指導。研習由邱阿塗主講〈談少年小說的創作〉；兒童文學家馬景賢主講〈兒童文學的認識〉；藍祥雲主講〈寫作與編輯〉；陳美里主講〈寫作經驗談〉；兒童文學家〈談童話創作與指導〉；王建華主講〈談國語課本中的詩歌教材〉；劉秀男主講〈童話欣賞與評鑑〉；兒童文學家杜榮琛主講〈談童詩創作與教學〉。另由邱阿塗、劉秀男與藍祥雲、徐英豪分別主持分組研習與實際創作。

民國七十五年二月：舉辦宜蘭縣七十五年（首屆）國小學生兒童文學研習冬令營，分南北區兩梯次，各舉行三天，南區於二月十四、十五、十六日在羅東國小舉行，北區於二月十七、十八、十九日在女子國小舉行；參加學生，南區七十五名，北區七十九名。由本縣籍兒童文學家指導研習並當場習作。研習由劉秀男主講〈童話創作〉；邱阿塗主講〈即興童詩創作〉及〈詩畫創作指導〉；方美玉主講〈寓言故事寫作指導〉；童話作家張水金主講〈童話創作指導〉；徐英豪主講〈生活故事寫作指導〉；陳浪評主講〈童詩寫作〉；陳美里主講〈閱讀札記寫作指導〉；許阿田主講〈散文寫作指導〉。

民國七十五年四月：李潼的獲獎少年小說《順風耳的新香爐》出版。

民國七十五年五月：本縣籍詩人、童詩作家，曾榮獲中山文藝獎，現爲聯合報副刊編輯兼中華民國兒童文學學會總幹事的林煥彰先生，榮獲本年度中興文藝獎。

民國七十五年七月：宜蘭縣國小教師第十一屆兒童文學夏令營於七月二十三日起三天，在羅東國小科學文化教育中心舉行，參加教師約八十人，此次研習特聘寓言名作家蘇尙耀先生及擅長童詩教學的夏婉雲、林月娥老師指導。研習由夏婉雲老師主講〈文字詩的創作〉與〈兒童詩的寫作方法〉；林月娥老師主講〈古詩新作〉；邱阿塗主講〈從名家作品看少年小說的創作〉暨〈書評的寫作〉；蘇尙耀主講〈談寓言寫作〉；陳美里主講〈漫談少年小說創作〉；陳清枝主講〈兒童文學與國語文〉。藍祥雲、邱阿塗、徐英豪等人主持分組研習與實際創作。

民國七十六年四月：邱阿塗主編「蘭苑」《兒童文學專輯（五）----童話、寓言、書評之葉》出版；「蘭苑」《兒童文學專輯（六）----童詩之葉》出版。

民國七十六年五月：宜蘭縣第十二屆國小教師兒童文學研習會於羅東國小舉行，參加教師二百六十餘人，由羅東國小代理校長邱阿塗主持，本次研習特聘兒童詩專家趙天儀、陳千武兩位詩人蒞會指導〈兒童詩的創作與指導方法〉。

民國七十六年十月：李潼得獎作品《大聲公》出版。《大聲公》榮獲第廿三屆中山文藝獎。

民國七十六年十一月：李潼得獎少年小說《再見天人菊》出版。

民國七十七年二月：宜蘭縣第十三屆國小教師兒童文學研習營於宜

蘭縣教師研習中心舉行，由縣長陳定南主持，會期六天，研習學員八十餘人，由顧大我教授主講〈現行國語科課程標準研究〉；邱阿塗主講〈兒童文學閱讀指導〉；賴西安老師主講〈少年小說之欣賞與創作〉；陳正治教授主講〈童話創作與教學〉；洪文瓊先生主講〈兒童文學概說〉；徐文雄局長主講〈現階段國民教育問題探討〉；賴慶雄主任主講〈作文教學探討〉；陳木城主任主講〈童詩創作與欣賞〉；陳清枝主任主講〈童詩實際創作〉；林澄杉校長主講〈教具製作與欣賞〉；林政華博士主講〈國語科教學方法與學習效果評量〉；李安和教授主講〈詩歌吟唱及美聲教學〉；另有教學設計，分組教學演示，心得寫作等。

民國七十七年二月四、五、六日：宜蘭縣七十七年度（第二屆）國小學生兒童文學研習冬令營由羅東、中山兩國小合辦，於中山國小舉行，參加研習學生一百一十五人，研習由劉秀男校長主講〈童話創作〉；邱阿塗主任主講〈即興童詩創作〉及〈詩畫創作指導〉；方美玉主任主講〈寓言故事寫作指導〉；徐英豪校長主講〈生活故事寫作指導〉；許阿田主任主講〈散文寫作指導〉；陳美里老師主講〈小小書評寫作指導〉；陳木城主任主講〈童詩創作指導與欣賞〉；陳清枝主任主講〈童詩童話欣賞指導〉。

民國七十八年五月：宜蘭縣舉辦全縣國小師生徵文。

民國七十八年五月：李潼《博士‧布都與我》出版。

民國七十八年六月：藍祥雲主編宜蘭縣兒童文學創作集《走過童年》出版。

民國七十八年六月：邱阿塗《小小書評佳作選（一）----世界文學名著篇》出版。

民國七十八年十月：邱阿塗《小小書評佳作選（二）----中華兒童叢書篇》出版。

民國七十九年二月：宜蘭縣國小教師第十四屆兒童文學研習營自二月十二日起至二月十七日止六天在羅東國小校友館舉行，研習學員四十三人。研習由藍祥雲校長主持；邱各容先生主講〈兒童文學理論研究〉；趙天儀先生主講〈兒童詩的創作與欣賞〉；朱秀芳老師主講〈童話創作及作品評析〉；邱阿塗作〈書評寫作指導〉；李松德作〈故事散文創作指導〉；李英茂作〈童詩創作指導〉；劉秀男作〈童話創作指導〉。

民國七十九年二月：邱阿塗主編「蘭苑」《兒童文學專輯（七）》出版。

民國七十九年二月：邱阿塗編輯多年的《兒童書的排行榜----兒童課外讀物閱讀趣向報告》出版。

民國七十九年三月：李潼《博士‧布都與我》榮獲七十八年度國家文藝獎。

民國七十九年六月：藍祥雲主編宜蘭縣國小教師兒童文學創作集----《飄香童年》出版。

民國七十九年六月：李潼《帶爺爺回家》榮獲省教育廳第三屆兒童文學獎少年小說獎。

民國七十九年九月：邱阿塗主編《宜蘭縣兒童文學史料初編》出版。

結論

　　以上是從民國四十五年到現在三十餘年來，宜蘭縣推展兒童文學的艱辛歷程，參與這些兒童文學教育工作的教師們迄今仍繼續地努力寫作、努力指導，默默地奉獻他們的心力。我們深信，在他們

的辛勤努力下，宜蘭縣的兒童文學發展必將會有更長足的進步，並且將在整個中華民國兒童文學史上寫上燦爛的一頁。這一份史料初編由於尚有一部分資料未曾蒐集齊全，還不能算很完整，不過已大略勾勒出宜蘭縣兒童文學發展概況，對於那些缺漏的史料，我們將在撰寫補編時再予補足，還請關心此史料的各位先進、同道見諒，並請不吝教正！

參、蘭陽兒童文學的回顧與展望

　　林煥彰在台北把中華民國和兩岸兒童文學學會推展得有模有樣，而邱阿塗和藍祥雲在宜蘭也把蘭陽兒童文學推展得有聲有色，他們的特色都是有熱忱，肯爲兒童付出愛心，巧的是他們都是宜蘭人。

回顧一、邱阿塗掌舵的蘭陽兒童文學拓荒時代

　　宜蘭雖然地處窮壤，一直被視爲「文化沙漠」，但是在兒童文學的領域裡，卻一直有令人刮目相看的成績表現，雖然，目前在全國兒童文學界較活躍，已經享有高知名度的作家僅有黃春明、李潼，和已離開宜蘭，在台北發展的林煥彰、方素珍等寥寥幾人，其他看來似乎並無太多表現；但事實上在宜蘭縣兒童文學研究發展中心總幹事邱阿塗的掌舵和藍祥雲、劉秀男、陳清枝、徐英豪、李英茂等人協助下，他們鍥而不捨地努力拓展，使宜蘭縣的兒童文學推展與兒童文學教育，兒童讀物閱讀指導工作，從民國四十五年以降的拓荒時期起，歷經民國五十三年起至民國五十九年的播種時期、民國六十年至民國六十七年止的萌芽時期、再至民國六十八年起至民國七十二年止的茁壯期、民國七十三年起至民國七十九年底止的收穫

期，不但從點而線、從線而面，讓兒童文學發展成爲全縣各國小普
遍重視的重點工作；甚至讓「兒童文學在宜蘭」在全省各縣市國語
文教育資料展中榮獲第一名（只取第一名）和往後多年的特優（全
省只取二名，宜蘭縣經常保持特優之首名）。邱阿塗並且完成了從
民國四十五年至民國七十九年三十餘年來的《宜蘭縣兒童文學史料
初編》、《兒童書的排行榜----兒童課外讀物閱讀去向報告》、《蘭苑兒
童文學專輯》第一、二、三、四、五、六、七輯、《小小書評佳作
選（一）----世界文學名著篇》、《小小書評佳作選（二）----中華兒
童叢書篇》，也完成了階段性的任務，在他的策畫和主持下，從無
到有，一共舉辦了宜蘭縣全縣國小教師兒童文學研習第一屆（六十
八年二月）至第十三屆（七十七年二月）共十三屆，每次都舉行三
天（第十三屆舉行六天）；全縣國小學生兒童文學研習營三屆五營
次（各舉行三天）；全縣國小兒童文學創作比賽七次，每次都有三
百二十餘人參加；他又經常到各國小巡迴輔導，使千餘位國小教師
和數千位國小兒童接受兒童文學的洗禮，走入兒童文學的殿堂；並
鼓勵了陳美里、李松德、陳昇群、林敬佑、陳浪評、黃彩玉、許素
貞、張廣雄、蘇麗春、黃秋菊、陳佩萱、方美玉、林松溪等許多年
輕一代的新人投入童話、童詩、散文的創作。而劉秀男則整理出版
了童詩集《孩子的夢想》。

　　更重要的是，由於邱阿塗等多位爲宜蘭縣兒童文學奉獻心力默
默耕耘的教師們努力拓荒、耕耘、播種的結果，有了豐碩的成果，
引起了省教育廳的重視。民國七十五年二月，省教育廳終於派專員
來宜蘭，透過宜蘭縣國教輔導團秘書吳旺盆，連袂來找邱阿塗代爲
擬訂全省各縣市兒童文學推展計畫，一週六天的研習課程及相關的

經費預算，由省教育廳通令全省各縣市教育局利用寒暑假舉辦一週六天的兒童文學研習營，過去十餘年來由邱、藍二人完全自掏腰包經營兩屆，到後來的獲縣教育局補助二千元，至大約十屆前後升至四千元、再升至六千元的研習補助款，從民國七十七年的第十三屆全縣國小教師兒童文學研習營開始，一躍可以獲得五萬元的研習補助款，參加研習教師也開始享有每天中午的便當，研習時間也由原來的三天延長為六天，因此使研習工作更加順利。這是省教育廳重視兒童文學，全面推展兒童文學的具體措施，值得一記。

　　民國七十九年二月：邱阿塗協助藍祥雲舉辦宜蘭縣國小教師第十四屆兒童文學研習會；同年十二月邱阿塗因病申請退休核准；將推展宜蘭縣兒童文學的責任完全交棒給藍校長。

回顧二、藍祥雲為主軸的蘭陽兒童文學豐收年代

　　從民國七十九年起至民國八十六年是由藍祥雲掌舵蘭陽兒童文學的時代，有更多年輕的老師參與研習，也開始創作，有的人因參加過多次兒童研習，因此所寫出來的作品，無論是童詩、童話、故事、散文都有相當不錯的水準。這一時期的推展成果如下：

民國七十九年六月：藍祥雲主編宜蘭縣兒童文學創作（童詩集）《詩的花園》出版。

民國八十年一月：藍祥雲主編宜蘭縣兒童文學創作（童詩集）《詩的種籽》出版。

民國八十年二月四日~九日：宜蘭縣國小教師第十五屆兒童文學研習營於羅東國小舉行：由藍祥雲校長主持，參加教師九十五人，講師邀請了《兒童文學家》季刊發行人兼總編輯林煥彰、主編方素珍、省立台北師院教授林政華、臺灣省文藝作家協會宜蘭分會常務理事

邱阿塗、劉秀男校長、李松德主任和陳浪評、李英茂、林敬佑三位
老師。方素珍主講〈從一首童詩開始〉；劉秀男主講〈鄉土故事、
童話寫作〉；李松德主講〈談散文寫作〉；林煥彰主講〈兒童文學家
的社會角色〉；邱阿塗主講〈童話創作指導、及閱讀寫作指導〉；並
於報名時即預先指定閱讀林鍾隆的《山》、葉維廉的《孩子的季節》、
柯錦鋒的《爸爸的手》（以上均為中華兒童叢書）、李潼等人所寫的
省教育廳第三屆兒童文學獎專輯《帶爺爺回家》，及研討和學習閱
讀心得。陳浪評主講〈談童詩教學〉、林政華主講〈古典詩、白話
小詩與童詩〉；林敬佑主講〈談小故事寫作〉；李英茂主講〈談童話
創作〉。

民國八十年一月至十二月：邱阿塗為復興廣播電台宜蘭台主講兒童
文學節目，每週一次，每週六播出。

民國八十年二月十日：李潼《藍天燈塔》出版。

民國八十年六月：藍祥雲主編宜蘭縣國小教師兒童文學創作集《金
色童年》出版。

民國八十年七月：邱阿塗和劉秀男協助中廣宜蘭台於玉尊宮辦理宜
蘭縣國小學生童詩夏令營，指導小朋友創作童詩，並錄製童詩廣播
節目向全國播出。

民國八十年七月至八十一年二月：邱阿塗協助正聲廣播電台宜蘭台
指導兒童創作童詩、童話教室和詩歌吟唱，錄製《陽光、童年、詩
畫》節目，於每週六播出。為期八個月。

民國八十一年二月十至十五日：宜蘭縣國小教師第十六屆兒童文學
研習營於羅東國小舉行，由藍祥雲校長主持，參加教師一四五名，
講師有台東師院主任林文寶教授、志文兒童文學叢書主編曹永洋、

名作家嶺月、王建華校長、陳浪評、李英茂、林敬佑三位老師、方
美玉主任、江文錦主任、藍祥雲校長等。王建華主講〈兒童文學概
念與創作〉；林文寶主講〈兒童文學論----「故事體」寫作之研究〉、
曹永洋主講〈兒童文學作家與作品〉；嶺月主講〈從翻譯經驗談少
年小說的寫作〉；李英茂談〈童話的創作與賞析〉；陳浪評談〈童詩
創作與教學〉、〈兒童廣播劇寫作〉；方美玉談〈童詩創作經驗談〉；
江文錦談〈創作思考教學與兒童寫作〉；藍祥雲談〈寫作與投稿〉；
徐英豪和劉祖榮主持「兒童文學之旅」活動（玉尊宮）。

民國八十一年六月：黃春明的童話《小駝背》、《小麻雀----稻草人》、
《愛吃糖的皇帝》、《短鼻象》、《我是貓也》出版。

民國八十一年五月一日：李潼《少年噶瑪蘭》出版。

民國八十一年六月：邱阿塗邊的《蘭陽兒童詩選》出版，該詩選選
錄了民國五十九年以來各國小兒童參加童詩創作比賽或童詩研習入
選的優秀作品，共五七四首。

民國八十一年六月：藍祥雲主編的《詩的蓓蕾》出版。

民國八十一年六月：藍祥雲主編《繽紛童年》出版。

民國八十一年：李潼《少年噶瑪蘭》獲北京宋慶齡兒童文學獎。《鞦
韆上的鸚鵡》得海峽兩岸少年小說優等獎。

民國八十二年二月：江文錦、周湘玲、林松溪編輯《雄風文集》出
版。

民國八十二年二月八日至十三日：宜蘭縣國小教師第十七屆兒童文
學研習於羅東國小舉行，參加教師四十五名，講師有兒童文學作家
管家琪、傅林統、陳美儒、邱阿塗、李英茂、林敬佑、藍祥雲等。

民國八十一年：李潼《水柳村的抱抱樹》獲海峽兩岸兒童文學獎童

話優等獎。

民國八十二年：李潼《少年龍船隊》榮獲第一屆九歌現代兒童文學獎首獎。

民國八十三年六月：藍祥雲主編《憶童年》出版；此書蒐集了三十位國小主任的童年回憶。

民國八十三年：李潼《水柳村的抱抱樹》獲陳伯吹兒童文學獎。

民國八十三年八月：李潼《少年青春嶺》出版。

民國八十四年二月六至十一日：宜蘭縣國小教師第十九屆兒童文學研習營於羅東國小舉行，由藍祥雲校長主持，參加教師六十六名，講師由兒童文學作家陳木城、曹俊彥、賴芳真、栗素珍、藍祥雲、陳清枝、陳浪評、黃秋菊等擔任。陳木城主講〈兒童文學（兒歌）創作〉；曹俊彥主講〈圖畫故事寫作〉；賴芳真主講〈報導文學、散文寫作〉；栗素珍主講〈一段有關創作的獨白〉；藍祥雲主講〈寫作與投稿〉；黃秋菊主講〈淺講教育散文寫作〉；陳清枝主講〈童詩創作與作品析評〉；陳浪評主講〈童話創作與作品析評〉。

民國八十六年宜蘭縣國小教師及學生第二十屆兒童文學研習營，在羅東東興國小舉行，由劉秀男校長主持。

民國八十四年：李潼《一個原名猴子的小鎮----羅東》出版。

民國八十四年五月：藍祥雲主編《童話童年》出版。

民國八十五年：李潼〈蔚藍太平洋日記〉獲陳國政兒童文學獎兒童散文獎。

民國八十六~八十七年：李潼《臺灣的兒女》一系列少年小說《頭城狂人》、《火金姑來照路》、《太平山情事》、《開麥拉‧救人地》共十六本，將陸續出版。

　　這就是宜蘭縣兒童文學發展概況，回顧從民國四十五年起的拓荒時期迄至現在，歷經四十二個寒暑，蘭陽地區已不再是一塊「文化沙漠」，展望將來，但願有更多後續的人將宜蘭縣的兒童文學推向更璀璨的未來。

肆、人物篇

　　宜蘭縣由於推展兒童文學的研究與創作的時間較早，從事兒童文學創作、翻譯、改寫工作的人，還算不少，不過，有的還沒有結集，因此，只把結集成書的作者姓名臚列於後：李潼、邱阿塗、藍祥雲、劉秀男、陳清枝、王建華、李英茂、藍啓育、李樹根、莊振榮、林麗貞、陳有慶、徐敏琪、江彰模、陳秀華、張秀雲、楊恭靈、林舜華、黃炎、嚴純瑜、陳淑敏、林琇珍、莊文龍、劉祖榮、曾耀松、高連金、江素宜、黃仁火、陳浪評、黃玉蘭、徐英豪、李秀梅、徐萬得、陳昇群、李松德、林敬佑、林煥彰、方素珍。

（本文原刊於中華民國兒童文學學會會訊，14 卷 4 期，1998 年 7 月）

台北縣兒童文學發展概況

朱錫林　顏福南

台北縣兒童文學發展概況

❖ 朱錫林　顏福南

壹、前言

歷史急急跨入一九九九

　　站在這世紀交替的年代，我們這群喜好兒童文學的工作者，展望新的世紀，回顧舊的時代，不禁讓人憂喜參半。喜的是，兒童文學自九〇年以來，各種文體大量創新，新的一代年輕人創作不輟，各領風騷，把兒童文學帶進波瀾壯闊的汪洋。本土化的作品不停的湧現，國際間的交流日益頻繁，良性的互動促使作品日益完善，令人欣喜；憂的是，資訊的巨輪大步向前，電子科技淹沒了社會人文的關懷，閱讀人口並沒有與時俱進，當滾滾的速食文化日益高漲時，我們情不自禁要問，誰來關心兒童文學？

　　我們希望這份史料的整理，能喚起更多人關心兒童文學，踩著前人的足跡，我們仍有享有一份驕傲與光榮。

　　過去我們的文學創作，一直把眼光放在成人的市場裡，一直到民國六十三年，也就是七〇年代初期，洪建全文教基金會舉辦兒童文學創作獎，以後我們才把焦點放在兒童身上。兒童閱讀的作品也從這個時候，擺脫白雪公主、灰姑娘、美女與野獸等舶來品，開始有本土作品的出現。

　　一九七七年四月一日起《月光光》兒童詩學季刊的創立，爲兒童文學刊物揭開了光榮的序幕，接著一九八〇年四月四日《布穀鳥》

兒童詩學季刊也相繼成立，兒童詩在當時蔚爲風潮，洪志明、杜榮琛在苗栗海寶國小也積極投入童詩的教學工作，引起很大的注意。

一直到八０年代初期，《布穀鳥》兒童詩學季刊結束，八０年代中期，《月光光》兒童詩學雜誌改版成《月光光》兒童文學雜誌，整個兒童文學的發展從兒童詩拓展爲各種文體，至此，兒童文學開始了多樣的風貌。

台北縣人文薈萃，擁有臺灣最多人口的縣治，自然無法置身兒童文學之外，在理論研究或創作均不乏人才，再加上台北縣幅員遼闊，小學兩百餘所，又緊鄰台北市，文化刺激多，自然創作量豐富。

我們有感於前人的筆路藍縷，逐一一記錄這份史料，然個人視野不周全，資料不周延，懇請讀者先進補充，減少書虞，讓台北縣能成爲兒童文學的大縣，爲承先，爲起後，爲兒童文學開展新的一片天空。

貳、發展概況

一、台北縣政府不遺餘力推動兒童文學

台北縣政府是最早舉辦「兒童文學研習營」的縣市，其中以林顯騰先生居功厥偉，貢獻最大。

一九八五年他召集了一些曾在教師研習會參加兒童文學研習的老師成立兒童文學研究會，成員包括朱錫林、陳木城、朱秀芳、林月娥、夏婉雲，最初的構想，是利用每週三下午，到各個學校做兒童文學的宣導和推廣，由於各校情況差異很大，有的願意配合，有的興趣缺缺，這個工作做了兩個月便無疾而終。當時莒光國小最熱心協助，分別在寒假及暑假辦了兩次的兒童文學研習，地點在莒光

國小及台北縣公務人員訓練中心，課程全是靜態的演講及創作練習，各國小老師自由報名參加。來的老師，大部分是對兒童文學有興趣的，研習分成童詩、散文、童話及少年小說、兒童劇等組，由老師自己擇定，輔導員從旁輔導學員創作。

這段期間培養了不少的寫作人才，像彭增龍、吳源戊、許玉蘭等人，都是早期學員，一九八六年兒童節出版第一本學員作品《小芒果之歌》，同年八月出版徵文選集《七月的花束》，一九八七年五月又出版學員作品集《胖胖熊的白帽子》。

一九八七年，兒童文學研習營有了重大改變，從過去靜態的研習，改成田野調查採集的動態方式，由六位輔導員和二十位學員，從復興鄉的上巴陵進入山區，在上巴陵停留一個晚上，看他們表演山地麻糬及小米製品，第二天一早從巴陵走到福山，這一條巴福之旅，大約有十小時路程，由林顯騰先生和盧鎮岳督學帶隊，走進福山國小已經是傍晚了，當時的福山國小家長會長，熱心的為我們解說山地傳奇：熊的故事、百步蛇的傳說、山地祖先來源及捕捉飛鼠的方法等，校長吳寶珠和老師們熱誠的招待，讓大家心中暖烘烘。

這一路行來，格外有意義，因此，我們把福山及烏來的山野傳奇，以詩歌、童話、小說等方式呈現，並請白靈先生為我們在每個單元扉頁，寫一首童詩。這是我們以動態形式第一次舉辦。這一次寫兒童文學專輯，幾乎以「山地」為題材，命名為《高山是我們的家》。

同年四月四日林顯騰先生因病入院，五月五日離開人間。他的一生最後兩年都奉獻在兒童文學身上。沒有他，兒童文學研習營就無法成立，思念至此，倍感傷感。

　　一九八〇年寒假，在瑞濱國小辦了另一次的兒童文學研習，也是田野調查，從九份的古街輕便街、大粗坑廢墟，到十份天燈的實地施放。

　　同年七月份海山國小舉辦了一週的研習，八月份直潭國小更舉辦第一期的兒童文藝營，讓小朋友從分站活動的語文遊戲、作家說故事、寫作自然生態觀察研究等學習。小朋友對兒童文學的興緻高昂，也寫下了一頁漂亮的詩篇。

　　從一九九〇年開始，教師兒童文學營增加了輔導員的編制，也讓優秀的兒童的文學的作家參與，項晨郁、蔡金涼、柯錦鋒等都曾擔任輔導員的工作。

　　由於更多的作家投入兒童文學寫作的行列，因此課程的規劃也更加縝密，從一九九一年到一九九五年，陸續邀請黃春明、小野、林煥彰、楊茂秀、曹俊彥、郝廣才、詹宏志、張世宗等作家，及九歌、魔術、紙風車等劇團，成為講師，整個課程設計兼顧動態與靜態。兒童日報、國語日報、兒童的雜誌，也經常報導、支持這項活動，並提供人力支援及刊物介紹。由淡水忠山國小校長朱錫林等人策劃。

　　每一週的研習課程十分緊湊，課程幾乎排到晚上九點多，但一九九一年後，錄取名額只有五十名，報名的老師卻高達兩百人左右，這項研習所受到的歡迎，是別的研習看不到的。

　　一九九二年二月在新店龜山國小辦理，一九九三年四月在新店雙峰國小，一九九四年二月在淡水忠山國小，一九九九年在三峽民義國小，每一次課程都受到學員的喜愛，同時各組所製作的組刊，也屢屢看見佳績，有的作品國語日報、兒童日報、也予以轉載。同

時培育了很多優秀的兒童文學作家，像黃有富、林月娥、夏婉雲、邱惜玄、顏福南、林麗珠、麥莉、賴伊麗等，也培育了很多優秀的編輯人才，這些老師有的轉戰校刊，成為各校編輯高手，還有的成為日後校刊的評審。

　　一九九六年因為經費的關係，改在板橋公務人員訓練班舉辦，雖然少了戶外活動的陶冶以及鄉土的結合，可是學員仍興致勃勃，一九九七年在烏來國中小舉行，改採部分自費方式，那一年春雨綿綿，寒意蕭瑟，參加人數雖然不多，卻充分展現當地泰雅族的精神與特色。那一年開放教育在台北縣撲天蓋地席捲而來，兒童文學與開放教育合而為一，並實踐鄉土教材從做中學的理念，山區天氣冷颼颼，研習的學員卻熱呼呼，大家都感受到原住民的熱情與豪邁。

　　一九九八年在深坑國小舉辦，在校長張華基的細心規劃下，兒童文學研習成為兼具藝術、人文的學習之旅。我們拜訪當地深坑的耆宿，及鄉土探訪，並把兒童文學說唱藝術引入課程，獲得學員熱烈的迴響。

　　這一次的研習由過去的組刊創作改採戲劇發表，由靜態的展覽改為動態的演出，當晚學員並在深坑國小施放天燈。一盞一盞的天燈猶如一座座的小燈籠飛得好遠。

　　一九九九年因為經費短絀，縣府暫停辦理兒童文學研習，但我們相信有朝一日跨越兩千年，兒童文學會有更寬廣的舞台及揮灑的空間。

　　另外，值得一提的是縣府推行另類的兒童文學，從一九九五年，嘗試以以讀書會的性質推展兒童文學，讓台北縣的作家、老師們長共同探討兒童文學作品的欣賞及寫作，讓有兒童文學寫作基礎的人

打開一扇學習的窗。在當年的四月到六月間,於永和、文德、海山三所國小舉辦兒童文學研究班,課程有散文、童詩、童話的創作;散文由林良、蔣竹君負責,童詩由陳木城、謝武彰負責,童話由馬景賢和小野負責,講師皆為一時之選,除了培訓一些推動社區讀書會的種子領導人外,也孕育了兒童文學寫作的搖籃。

二、兒童文學在各校紮根

縣政府不遺餘力的推動兒童文學,許多學校在這方面下了很多功夫。

一九八七年五月二日在泰山國小辦理的兒童文學創作教學觀摩會,因為該校推動語文甚為用心,尤其是各班晨間活動語文的規劃,課程五花八門,有兒童劇排演、童詩欣賞、童詩插畫、閱讀報告、說故事、剪貼報告、故事創作⋯⋯凡此種種,無不是最基礎兒童文學紮根,泰山國小在當時的語文深耕,也播下了一頁美麗的詩篇。

那時候教育局國語指導員林顯騰先生也很重視這樣活動,再加上許多兒童文學作家的投入,像朱錫林、夏婉雲、陳木城、朱秀芳、林月娥等人的參與,帶給參觀的學員豐富的行囊。

一九八八年兒童文學作家陳木城由福山國小調往新店市直潭國小擔任主任,他用心規劃及安排一系列的兒童文學活動,在當時也受到很大的注意。直潭國小依山傍水,環境幽雅,孩童天真純樸,在文學創作上有很大的揮灑空間,陳木城的用心耕耘讓直潭國小遠近馳名,許多家長慕名而來。

一九九五年土城樂利國小在鄭玉疊校長之後,推動一系列的作文教學研習,並承辦作文的觀摩研習,在校長與主任的積極規劃下,樂利國小小朋友常有作品刊登報章雜誌,受到許多學校的矚目。

　　一九九四年板橋市實踐國小接受了國語科輔導團召集學校工作後，也嘗試辦理一系列兒童文學與語文研習，當時在實踐國小服務的顏福南老師也積極在班級推動兒童文學，並出版了《小河兒童文學選集》兩冊，翌年，開放教育在台北縣實施，實踐國小是第一批二十所種子學校之一，當時吳寶珠校長重視語文教育，把兒童文學和作文教學結合，全力推動國語科輔導相關事宜。

　　一九九七年朱錫林校長調往瑞芳國小，拔擢了顏福南為教務主任，在兩人理念契合之下，推動一系列兒童文學紮根工作。

　　以兒童文學為主軸的週三進修，邀請了兒童文學作家黃春明、林煥彰、王淑芬、王金選、蔣竹君、陳正治、可白、管家琪、郝廣才、林文寶蒞校演講。同時，每週五下午由顏福南對二、三年級老師主講童詩創作，許多老師作品刊登國語日報；學生的作品也屢屢發表在國語日報、自由時報等刊物，當年的國語文競賽瑞芳國小作文選手榮獲台北縣第二名，創下作文歷年最好的成績。國語日報也以大篇幅的跨版「文藝列車」發表小朋友的作品，頗受好評。

　　由於台北縣政府重視兒童文學的推動，各校也有一些有心人士積極推動配合，前仆後繼，江山可待。然而，各校努力的狀況不同，發展的情形迥異，我們無法一一列舉，相信未來還有更多學校投入兒童文學的工作，開出璀璨的花朵。

三、培養語文幼苗的兒童文藝營

　　要讓兒童文學的種子在小朋友的心中生根發芽、茁壯，開出兒童文學之花，結成語文智慧的種子，是台北縣辦理兒童文藝營的主要目的，透過與作家對談，分站語文活動，欣賞動植物的自然生態，讓小朋友尋找寫作的靈感。三天兩夜的活動，小朋友全部住宿在營

地，由生活輔導員做妥善的照顧。參加的小朋友是四年級至六年級的小朋友，在語文活動方面都有傑出表現，等於是一個小作家的訓練營。

民國七十九年七月由直潭國小辦理第一期的兒童文藝營，八十年七月由三峽鎮五寮國小辦理第二期，八十一年七月由林口國小辦理第三期，八十二年七月由三峽鎮有木國小辦理第四期，八十三年七月由雙溪鄉牡丹國小辦理第五期，八十四年七月和八十五年七月由三峽鎮民義國小辦理第六期、第七期，總共培育了三百多位的兒童文學小作家。熱心協助活動的如兒童日報的李倩萍，國語日報蔣竹君、李潼，紙風車劇團，自然生態學家徐仁修、楊平世，兒童文學作家管家琪、方素珍、劉克襄、楊茂秀及野鳥學會何華仁等先生熱心幫忙，使得從七十九年到八十五年的兒童文藝營成為小朋友人人想參加的暑假最好的活動，也培育了不少的兒童文學幼苗。這可以從往後幾年，台北現在全省語文比賽都能得到很好的成績，證明語文活動必須往下紮根。

四、培養兒童文學作家的搖籃--省教師研習會

位於板橋市大觀路的臺灣省國校教師研習會，從民國六十年開始在研習會主任陳梅生及崔劍奇的支持下，對兒童文學的人才培育，提供了相當大的助力，從六十年到七十年間共辦理了十期的教師兒童文學研習營，選調全省各地語文基礎的老師，做兒童文學的專業訓練，在四個星期的研習中，分成散文、童詩、童話等組做專業寫作的輔導，除了白天上課以外，晚上的時間是創作時間，還由輔導員來對每位學員的作品提供意見。來研習會授課的老師，有林良、馬景賢、趙天儀、林鍾隆、曹俊彥等先生。四個星期研習結束

之後，必須繳交作品編印成冊，由這些任課老師審查通過後再出版。陸續到研習會指導的先生尚有王鼎鈞、朱介凡、何蓉、林海音、黃郁文、趙友培、楊思諶、趙國宗、嚴友梅、藍祥雲、蘇尙耀、許義宗等人。在當時可說是兒童文學人才的搖籃，像馮輝岳、杜榮琛、林武憲等人都曾在這裡研習過。

　　民國七十年以後，由於研習會的功能多樣化，以及主任校長儲訓工作業務繁忙，兒童文學的研習不能持續。從七十年以後的研習期數，大量減少，民國八十年以後幾乎快要中斷，到了八十七年十月由國語科輔導員趙鏡中安排的兒童文學研習營，時間只有二週，分組研習的效果因爲時間不夠，作品也缺乏輔導討論的時間，顯得較爲匆促，但能夠在中斷好幾年之後，重新辦理。也是很不容易了。指導的老師有林良、劉漢初、楊茂秀、林文寶、郝廣才、張嘉驊、賴西安、陳正治、羅青、鄧育仁、杜明城、陳衛平、陳木城、林武憲、王天福、朱錫林等人和王淑芬、管家琪等作家。和民國六十年代的指導老師相比較，幾乎全是新面孔了。

參、回顧與前瞻

　　台北縣由於靠近台北市，各種媒體接觸方便，要聘請作家指導也較爲方便，又因爲地域遼闊，擁有眾多的學生讀者，和學校老師、家長的關心，其實要發展兒童文學研習及倡導兒童文學是最方便的。從民國七十五年開始到八十七年爲止，連續舉辦了十二期的教師兒童文學研習正是一個很好的證明。有很多老師想投身兒童文學的寫作，或者對兒童文學有更深入的作品與瞭解。

　　然而由各校的教師進修看來，把主題鎖定在兒童文學領域的畢

竟不多，需要更多的校長、主任對兒童文學的支持，願意利用、發揮。由點到面的功用，兒童文學的推廣才能普遍。我們也希望縣政府及教育局能夠正視「兒童文學」這項工作，不要忽略了它對小朋友及教師的影響力。如果把兒童文學列為必定要辦理的項目，相信會受到很多老師的歡迎，也希望台北縣年輕的老師和兒童文學工作者，能夠勇敢的站出來，發揮承先啓後的功能，好好推廣兒童文學，不但承接教師兒童文學營，學生兒童文藝營，更能利用讀書會把兒童文學的種子散佈到民間、家長及社區大眾。值得一提的是兒童文學已經有向基層紮根的跡象，如台北縣土城市公所圖書館，再八十八年三月到四月辦理九週的兒童文學研習，每週上課兩次，每次二小時，共計三十六小時，約等於集中研習一週的課程。對象是土城市各國民小學四至六年級的小朋友共三十多位，這是鄉鎮公所辦理兒童文學研習的開端，如果能夠全面推廣，相信在台北縣的兒童文學又會有一番新的氣象。

肆、結語

　　台北縣擁有全省最多的人口，學生及學校，有為數不少的兒童文學工作者，期待政府與民間共同努力，不但辦理教師與兒童的兒童文學研習，也可以辦理各種文體的徵文工作，出版更多更好的兒童文學選集。投身台北縣兒童文學工作十二年，深知這是一項廣受學生、老師喜愛的珍貴礦產，讓大家努力來開發它。

伍、兒童文學工作者名錄

馬景賢

筆名知愚、馬路，曾任農委會圖書館專員，推動兒童文學貢獻卓著，早期與林良等作家共同發起「中華民國兒童文學學會」，現任「海峽兩岸兒童文學學會」理事長、國語日報董事。著有《創作圖畫故事》(理科出版社)共十三冊、《三隻小紅狐狸》(富春文化事業)、《愛的兒歌》(晶晶出版社)等。

鄭雪玫

美國 Drexel 大學圖書館學碩士，曾任美國布魯克林公共圖書館兒童圖書館員、中華民國兒童文學學會理事長，對推動兒童文學不遺餘力。著有《兒童圖書管理論/實務》(學生書局)、《資訊時代的兒童圖書館》(學生書局)、《台北市公私立兒童圖書館(室)現況調查研究》(學生書局)、《臺灣地區兒童圖書館之研究》(漢英出版社)。

林月娥

著有《阿公走過的路》(常民文化)、《台北縣一年級小朋友的圖畫書》七本、《高雄縣鄉土教材圖畫書》四套二十本。

陳木城

著有《童詩開門》、《樹和果》(臺灣書店)、《童詩開門》(錦標出版社)、《臺灣國語知多少》(啓元公司出版)、《童詩的秘密》(聯經)、《心中的信》(國語日報)、《會飛的雲》(臺灣書店)、《我們的新家》(國語日報)、《小猴子回家》(國語日報)、《怪誕小球》(親親文化)、譯《文學欣賞》(台英社)、《把春天串成……》(正中書局)、《微笑》(正中書局)、《大洞洞小洞洞》、《張小猴買水果》、《會思考的孩子》(正

中書局)、《小寶貝玩具書系列》二十四冊(光復書局)、《親子魔術城》二十六冊(臺灣麥克公司)、《看童詩學作文》(圖文出版社)、《幼兒成長圖畫書.自然科學類》八冊(光復書局)、《小老鼠和大老虎》《南瓜掌心雷》(台英社)、《阿里棒棒飛魚祭》(農委會)。

蕭奇元

著有《書山奇遇記》(少年雜誌出版社)、《填詞用字》(中友文化事業出版社)、《國字三部曲》(中友文化事業出版社)、《一隻牛蛙的故事》(臺灣省教育廳)、《作文的好導師》(富春文化事業公司)、《幼幼圖畫故事》(富春文化事業公司)、《救難記》(文豪出版社)、《媽媽我回來了》(王子出版社)、《烏龜子》(富春文化事業公司)、《國字古今談》(王子出版社)。

桂文亞

著有《馬丘比丘組曲--南美印加古文明探奇》、《金魚之舞》、《二郎橋那個野丫頭》、《美麗眼睛看世界》、《長著翅膀遊英國》、《思想貓遊英國》、《班長下台》、《思想貓》(民生報)。

黃海

著有《奇異的航行》(洪建全基金會)、《嫦娥城》(聯經出版社)、《機器人風波》(聯經出版社)、《大鼻國歷險記》(洪建全基金會)、《地球逃亡》(東方出版社)、《航向未來》(富春文化事業)、《時間魔術師》(九歌出版社)、《太空城的孫悟空》(江西二十一世紀出版社)。

蔡金涼

著有《快樂玩文字》、《文字小拼盤》(新禾出版社)。

朱錫林

著有《三段情》、《心靈的呼喚》(道聲出版社)、《兒童寫作指導》(正達圖書)、《童心童語》(新雨出版社)、《我的作文老師》、《少年心關懷情》(華英書局)。

柯錦鋒

著有《柯老師作文》(欣大出版社)、《爸爸的手》(省教育廳)、《春在心頭已十分》(富春出版社)、《格林童話改寫》、《法國童話改寫》(長鴻出版社)、《童詩寫作技巧》(欣大出版社)、《韓國民間故事》(長鴻出版社)、《我們的土地》(九歌出版社)、《神仙學校》(大千出版社)、《小班頭的天空》(小魯)、《童詩寫作導航》(民勝出版社)、《森林 EQ 童話》(中華日報社)。

曾西霸

著有《阿龍的千里眼與順風耳》(洪建全基金會)、《猩猩王子》(80.8--兒童的雜誌)、《認識兒童戲劇》(中華民國兒童文學學會)。

吳源戊

第二屆陳國政新人獎童詩佳作、第三屆陳國政新人獎童詩首獎、第五屆陳國政兒童散文佳作、第六屆陳國政兒童散文佳作、八十四年兒童語文教材創作散文優選

曾春

高雄柔蘭文學獎小說第二名、教育廳童話組優等第一名、教育廳少年小說組佳作

周姚萍

著有歷史小說《日落台北城》、《臺灣小兵造飛機》、童話《妙妙聯合國》、小說《山城之夏》、《阿輝正傳》、圖畫書《第一次養小狗》(天衛文化圖書有限公司)、小說《第一位比丘尼》、《東征和尚》(東初出版社)、《臺灣歷史故事 5》(聯經出版社)、譯寫《銀河鐵道之夜》(東方出版社)。

朱秀芳

著有《齒痕的秘密》(洪建全文教基金會)。

康逸藍

著有《99 棵人樹》(漢藝色研)。

彭增龍

教育廳童話創作比賽佳作。

賴伊麗

著有《詩和圖畫的婚禮》(民聖出版社)。

林麗珠

教育廳童話組佳作

邱惜玄
著有《創意教學.快樂教作文》(時英出版社)。

許玉蘭
曾獲得高雄市柔蘭獎、臺灣省兒童文學獎，著有《心的翅膀》(地球出版社)、《我是魔術師》(明志國小)。

顏福南
著有《殘餘的晚霞》(大夏出版社)、《大觀園裡妙童詩》、《詩和圖畫的婚禮》(民聖出版社)、《小小作文高手》(文經社)、《作文魔法書》(新迪出版社)、編著《小河兒童文學選集》兩冊。

陳素宜
著有《天才不老媽》、《秀巒山上的金交椅》、《第三種選擇》(九歌出版社)、《入侵紫蝶谷》、《狀況三》(國語日報社)、《妮子家的事》(民生報)。

蔣竹君
家住永和，目前擔任國語日報總編輯。

賴慶雄
著有《初航》(林白出版社)、《作文題海》、《作文評語示例》、《趣味語文廣場》、《認識字詞語》、《看故事學語文》(國語日報社)、《把春

天串成……》(正中書局)、《微笑》(正中書局)。

附錄

民國 60 年　　板橋教師研習會辦理第一期教師兒童文學研習

民國 62 年　　板橋教師研習會辦理第二期教師兒童文學研習

民國 64 年　　板橋教師研習會辦理第三期教師兒童文學研習

民國 66 年　　板橋教師研習會辦理第四期教師兒童文學研習

民國 67 年　　板橋教師研習會辦理第五、六期教師兒童文學研習

民國 68 年　　板橋教師研習會辦理第七期教師兒童文學研習

民國 69 年　　板橋教師研習會辦理第八期教師兒童文學研習

民國 70 年　　板橋教師研習會辦理第十期教師兒童文學研習

民國 75 年 2 月　　莒光國小辦理教師兒童文學研習一週(於莒光國小)

民國 75 年 8 月 4 日至 9 日　　莒光國小辦理教師兒童文學研習一週(於板橋公務人員訓練中心)

民國 75 年 4 月　　出版台北縣第一本兒童文學創作集'《小芒果的歌》

民國 75 年 8 月　　出版台北縣第二本兒童文學創作集《七月的花束》

民國 76 年 5 月 21 日　　泰山國小辦理臺灣省兒童文學創作教學觀摩會

民國 76 年 2 月　　後埔國小主辦為期一週兒童文學研習「巴陵福山之旅」

民國 76 年 5 月　　出版台北縣第三本兒童文學創作集《胖胖熊的白帽子》

民國 76 年 5 月　　出版台北縣第四本兒童文學創作集《高山是我家》

民國 79 年 2 月　　瑞濱國小主辦台北縣教師兒童文學研習一週

民國 79 年 8 月　　直潭國小主辦兒童文藝營為期三天

民國 79 年 6 月　　出版台北縣第五本兒童文學創作集《九份，黃金，落日》

民國 79 年 7 月　　海山國小辦理教師兒童文學研習一週

民國 80 年 7 月　　三峽五寮國小辦理爲期三天兒童文藝營

民國 80 年 2 月　　出版台北縣第六本兒童文學創作集《森林裡的歌手》

民國 81 年 2 月　　新店龜山國小辦理兒童文學研習一週(教師)

民國 81 年 7 月　　林口國小辦理兒童文藝營爲期三天

民國81年6月　　出版台北縣第七本兒童文學創作集《笨笨湖的奇異世界》

民國 82 年 4 月　　新店雙峰國小辦理教師兒童文學研習一週

民國 82 年 7 月　　三峽有木國小辦理兒童文藝營爲期三天

民國 83 年 2 月　　淡水忠山國小辦理教師兒童文學研習一週

民國 83 年 7 月　　雙溪鄉牡丹國小辦理兒童文藝營爲期三天

民國 84 年 2 月　　三峽民義國小辦理教師兒童文研習一週

民國 84 年 7 月　　三峽民義國小辦理兒童文藝營爲期三天

民國 84 年 4 月　　永和、海山、文德辦理兒童文學研究班分散文、
　　　　　　　　　童話、童詩等三組

民國 85 年 2 月　　淡水忠山國小辦理教師兒童文學研習一週

民國 85 年 7 月　　三峽民義國小辦理教師兒童文藝營爲期三天

民國 86 年 2 月　　烏來國中小辦理教師兒童文學研習一週

民國 87 年 2 月　　深坑國小辦理教師兒童文學研習一週

民國 87 年至 88 年　　瑞芳國小辦理週三下午教師兒童文學系列講座

民國 88 年 3 月　　土城市公所辦理基層兒童文學研習

台北市兒童文學概述初稿

林 淑 英

台北市兒童文學概述初稿

❖林淑英

壹、前言

　　台北市像顆耀眼的鑽石，閃爍在臺灣的北端，是台灣的首善之區，無論是政治、經濟、文化、教育、交通等等，都是全國之冠。而在兒童文學的領域裡，更綻放著燦爛的光芒，為兒童文學史寫下光榮的一頁。

　　在台北市兒童文學孜孜矻矻勤於耕耘的有：國語日報社、國語實小、中華兒童文學學會、台北市兒童文學教育學會、台北市立師範學院等。這些機關、團體、學校，不斷散播兒童文學的種子。

　　除此之外，為了發掘兒童文學創作的人才，鼓勵兒童文學創作風氣，還有些機構及私人團體設置了多項兒童文學獎項，包括：洪建全文教基金會、九歌文學獎、信誼幼兒文學獎、國語日報兒童文學牧笛獎、台北市兒童文學教育學會獎等，都曾鼓勵了許多有心人投入兒童文學的行列。另外還有《民生報》、《國語日報》、《幼獅少年》、行政院文化建設委員會合辦的「好書大家讀」，也為兒童文學注入一股清泉。

　　在師資培育方面，有台北市立師範學院、國立台北師範學院、國立台灣師範大學家政研究所、私立中國文化大學、私立實踐大學、私立輔仁大學都曾開設與兒童文學有關的課程，培育兒童文學師資及寫作人才。

貳、發展概況

　　台北市兒童文學發展，最早在民國二十二年，由王雲五、徐應
昶先生所主編的「小學生文庫」首開先河，由商務印書館印行，其
中文學部分包括童話、神話、小說、詩歌、故事、戲劇等。再來是
民國三十七年國語日報創刊，〈兒童版〉周刊同日創刊，由張雪門
先生主編，但內容著重於教育和推行國語。到了民國四十年由林良
先生主編，內容漸趨於文學性，雖然打開了兒童文學的大門，但仍
不盛行，到了民國七十年代以後人才鼎盛，寫作人才興起，中華民
國兒童文學學會成立，兒童文學開始蓬勃發展，還有陳正治、顏炳
耀等人，投入兒童寫作教學行列，民國七十一年二月，第一本由小
朋友創作的《小朋友寫童話》由中友文化事業公司出版問世。七十
四年由陳正治編選，小朋友寫作的《小小童話選》由親親文化事業
有限公司出版，榮獲台北市分類圖書巡迴第四梯次兒童讀物展，評
定列為推薦好書。茲將台北市兒童文學的發展，其中較重要的簡述
如下：

一、國語日報社

　　「社會菁英都是讀《國語日報》長大的。」雖然這是只是《國
語日報》的一句廣告詞，卻是那麼貼切的表達了《國語日報》對讀
者影響的深且廣。《國語日報》和兒童文學的結緣，早在創刊的時
候就已經開始，是國內第一次出現「兒童」副刊的報紙。當初編輯
及寫作的成員，大都是兒童文學作家，係林良先生、游彌堅先生、
何容先生、洪炎秋先生、夏承楹先生、張劍鳴先生、馬景賢先生、
蔣竹君先生等等，這些人都為兒童文學付出了許多心血。《國語日

報》除了在報紙上有〈兒童〉版的副刊之外，還有〈兒童文學〉週刊、低年級及幼兒閱讀的《國語日報週刊》和提高小朋友寫作能力的《小作家月刊》問世、辦理「兒童文學寫作研習班」、和文建會、《民生報》共同辦理「好書大家讀」推薦活動、成立「吹響兒童文學牧笛」的牧笛獎以及出版部的成立，在在都為兒童文學埋下深耕的種子。

(一)國語日報的〈兒童版〉、〈故事版〉

〈兒童版〉是兒童閱讀的文學性副刊，由國內外知名作家，執筆撰寫小品文、童詩、古典文學欣賞、智慧小語等，適合小學生閱讀，拓展小朋友的文學視野也奠定小朋友的寫作能力。〈故事版〉以兒童文學創作為主，刊登各類型兒童文學創作的版面。還有兒童練習寫作的園地，日積月累長期灌溉，是小朋友最好的精神糧食。

(二)國語日報的〈兒童文學〉週刊

民國六十一年四月二日，由馬景賢先生主編〈兒童文學〉第一期出刊，每星期見報一次，是五四以來第一個專門討論兒童文學的刊物。林良先生在發刊詞中指出：「這個週刊的第一目標，是闢出一塊園地，讓所有兒童讀物工作者，共同討論為兒童寫作的種種技巧。」它的內容包括：童話、神話、寓言、詩歌、童謠、小說、故事、笑話、戲劇、插圖、寫作研究、各國兒童文學、文學批評、圖書館、閱讀指導、兒童刊物、作家介紹、評介等等。它不但是所有愛好兒童文學者最好的耕耘和充電園地，也是兒童文學發展的歷史，所以到民國六十三年三月十日屆滿一百期時，在林良和張劍鳴兩位先生的支持下，馬景賢先生著手編製〈百期索引〉。並將一百

期的周刊合訂由出版部出版，供同好珍藏。時序飛逝，到了民國七
十年十一月，〈兒童文學〉快滿十歲時，馬先生因為個人工作太忙，
無法兼編此份刊物，所以改由張劍鳴先生接棒，而馬先生十年的耕
耘，已經將近五○○期，合訂本一共有五大本。這些豐富的成果，
不但是兒童文學史上的珍寶，也促進了社會大眾對兒童讀物的認識
和了解。張劍鳴先生編輯的合訂本也有五本。後來由洪文瓊先生編
輯，目前由馮季眉主編。在這將近三十年的歲月裡，能如此持續不
斷的探討國內外兒童文學的現況、創作趨勢，介紹有關兒童文學的
知識、作家的動態及作品，真是難得。

(三)小作家月刊

　　民國八十三年四月一日，《小作家月刊》問世，內容著重趣味、
思考、操作和比較，可以提昇青少年寫作能力，曾經獲得行政院新
聞局「金鼎獎雜誌推薦獎」。它的特色是生活、觀察、感覺、思考、
文學，適合小學中、高年級到國中二年級閱讀。

(四)國語日報週刊

　　民國八十四年二月十二日，《國語日報週刊》創刊，是學齡前
幼兒及低年級小朋友的閱讀佳餚，它透過遊戲提供孩子快樂、燦爛、
豐富的童年經驗，曾經獲得「行政院新聞局雜誌類小太陽獎」，陪
伴低幼兒快樂成長，也是許多家長陪著孩子閱讀的最佳讀物。

(五)兒童文學寫作研習班

　　為了培養更多人才加入創作行列而開辦的「兒童文學寫作研習
班」。八十三年與中華民國兒童文學學會共同主辦「夏令營」有六

十多位學員，反應熱烈，陸續開辦八十四年春季的「圖畫書創作、製作研習」、八十四年秋季的「兒童讀物創作班」、八十五年春季「故事體寫作研習班」、八十五年「夏令營」、八十五年秋季「童詩兒歌寫作研習班」、八十六年「夏令營」、八十七年「夏令營」，口碑極佳，班班受歡迎，成果豐碩，也培養許多優秀的兒童文學作家。

二、台北市教師兒童文學研習營

　　我國的小學課程標準中，特別重視國語科和兒童文學的結合。台北市政府教育局熱心倡導兒童文學，自民國六十三年以來，即委託國語科教學最傑出的國語實小，辦理教師兒童文學研習，每年利用暑假辦理一星期或兩星期的研習，聘請兒童文學界的專家學者以及有教學實務經驗的老師，到校為台北市教師授課。課程有理論的講述、作品的研討、經驗的傳授，還有實地的採訪。為了給學員最好的一切，課程內容年年費心設計，期待每一次的研習，教授的文學魔棒，都能揮出興趣的火花，點醒每一位學員心中的寫作精靈，讓他們也能提起筆來，把愛心寫在兒童文學的作品中，為兒童敲開真善美的心靈之窗。

　　一年接一年，教師兒童文學研習為台北市的教師栽培了許多兒童文學的菁英。可惜的是，每一次的研習並未留下資料。直到民國七十七年，由何翠華接任研究主任，為了讓更多熱愛兒童文學的工作伙伴一起分享研習的內容和成果，因此將研習時專家講授內容及學員作品，彙編成《兒童文學研究》專書出版，次年《兒童文學研究二》由林淑英主編，至今民國八十八年已經出版到《兒童文學研究十一》，讓台北市的教師兒童文學研習，真正的做到「凡走過的必留下痕跡」。其內容如下：

(一)兒童文學研究　　　　　　　　　　　　民77年12月

〈中國古代寓言中的極短篇〉(沈謙)、〈我如何教小朋友寫詩〉
(杜榮琛)、〈我看兒童詩〉(方素珍)、〈如何提昇國語教學〉(古國順)、
〈兒童文學的賞析與國語教學的結合〉(華霞菱)、〈戲劇欣賞與創作
指導〉(白明華)、〈兒童散文賞析與創作指導〉(林政華)、〈認識兒
童文學〉(馬景賢)、〈兒童文學隨筆〉(謝武彰)、〈兒童小說賞析與
創作指導〉(楊思諶)、〈欣賞是創作之本〉(朱秀芳)、〈兒童散文教
學〉(王天福)。

(二)兒童文學研究－戲劇專集(1)　　　　　民79年2月

〈漫談劇本寫作技巧〉(賈亦棣)、〈劇本的分解與組合〉(貢敏)、
〈主題與情節〉(丁洪哲)、〈舞台技術〉(孟振中)、〈表演技巧〉(詹
竹莘)、〈導演實務〉(張奇雲)、〈演出實務〉(紀淑和)、〈獵人與鳥的
排演實習〉(朱靜美)、〈兒童戲劇教育〉(張曉華)、〈兒童戲劇概論〉
(黃美菊)、〈兒童戲劇創作的一般性特殊性〉(曾西霸)、〈兒童劇的
選材〉(司徒芝萍)、〈兒童劇本改寫〉(陳亞南)、〈兒童話劇改寫〉(黃
協兒)、〈談國小國語教科書劇本教材分量、主題與取材〉(王天福)、
〈創造性的戲劇教學活動〉(白明華)、〈生活倫理課與戲劇結合〉(白
明華)。

(三)兒童文學研究(三)－戲劇專集(2)　　　民79年12月

〈兒童劇寫作淺談〉(黃協兒)、〈兒童劇的「主題與情節大綱」〉
(貢敏)、〈戲劇結構〉(牛川海)、〈戲劇人物塑造〉(張曉華)、〈對白
撰寫〉(陳亞南)、〈舞台化粧及實習〉(葉翔)、〈談音效設計〉(孟慶

進)、〈如何指導兒童表演〉(白明華)、〈戲劇教材賞析教學評鑑〉(王天福)、〈導演計畫及演出行政〉(丁洪哲)。

(四)兒童文學研究(四)－童詩專集(1)　　　　民 80 年 12 月

〈兒歌的創作與欣賞〉(陳正治)、〈兒童歌謠的解析〉(許義宗)、〈給孩子一個可愛的童謠世界〉(林武憲)、〈兒童詩的形式之美〉(陳木城)、〈兒童詩的創作技巧〉(莊祖煌)、〈談詩歌的教材〉(王天福)、〈兒童詩教學研究〉(杜榮琛)、〈朗讀教學指導〉(蘇蘭)。

(五)兒童文學研究(五)－環保童話專集(1)　　民 81 年 11 月

〈海峽兩岸的兒童文學〉(賴慶雄)、〈兒童文學創作路〉(陳美儒)、〈童話的時代意義〉(林煥彰)、〈童話寫作技巧〉(管家琪)、〈取材與情節設計〉(夏婉雲)、〈如何將環境教育帶入兒童文學〉(林少雯)、〈自然生態資料的收集和利用〉(馬景賢)、〈校園美化與田園之樂〉(邵元辰)、〈校園綠化設計與維護〉(黃瑞祥)、〈台灣的水和土〉(胡蘇澄)、〈國小環境教育課外讀物之編撰〉(鄧天德)、〈怎樣為孩子講故事〉(夏明華)、〈談科學讀物插畫〉(鄭明進)、〈童話教學實例〉(林淑英)。

(六)兒童學研究(六)－鄉土文學專集(1)　　　民 82 年 11 月

〈少年的心〉(李潼)、〈八０年代台灣散文〉(林文義)、〈如何增進鄉土文學創作能力〉(官舜弘)、〈培養敏銳觀察力的十四項秘訣〉(官舜弘)、〈台灣鐵道傳奇〉(洪致文)、〈台北市鄉土文化巡禮〉(王啓宗)、〈鄉土史地－台北的歷史與地理〉(溫振華)、〈詩歌吟唱教材教法〉(李安和)、〈漢語音的美聲法〉(李安和)、〈分組賞析及作品

研討〉(管家琪)、〈賞析「紅木箱子」〉(陳亞南)。

(七)兒童文學研究(七)－鄉土文學專集(2)　　民83年12月

〈兒童文學與兒童讀物〉(賴慶雄)、〈童話寫作經驗〉(管家琪)、〈兒童文學散文〉(林政華)、〈舊詩新詩不如先教兒童少年詩〉(林政華)、〈少年小說的認識〉(傅林統)、〈詩的本質與寫作〉(夏婉雲)、〈圖畫書的欣賞與應用〉(張湘君)、〈三峽老街之旅〉(官舜弘)。

(八)兒童文學研究(八)－鄉土文學專集(3)　　民84年12月

〈苗栗客家文化之旅〉(官舜弘)、〈台灣傳奇〉(官舜弘)、〈詩歌欣賞〉(陳正治)、〈台灣兒歌唱和跳〉(劉惠玲)、〈客家兒童歌謠選〉(鄒敦怜)。

(九)兒童文學研究(九)－鄉土文學專集(4)　　民85年12月

〈生活故事的取材與表現〉(柯作青)、〈舊瓶裝新酒〉(管家琪)、〈兒童文學的發展與現況〉(蔣竹君)、〈分布最廣的泰雅族〉(李道勇)、〈圖畫故事書欣賞〉(方素珍)、〈當代童話創作趨勢〉(桂文亞)、〈台灣鐵道史話〉(洪致文)、〈了解您身邊的鐵枝路〉(洪致文)、〈鐵路旅遊風潮興起之後〉(洪致文)。

(十)兒童文研究(十)－鄉土文學專集(5)　　民86年12月

〈台灣童話的新版圖〉(張嘉驊)、〈兒童讀物與寫作〉(蔣竹君)、〈台灣兒歌發展〉(劉美蓮)、〈兒童文學與寫作〉(柯作青)、〈如何培養欣賞力〉(官舜弘)、〈圖畫書的語言與藝術〉(郝廣才)、〈鄉土動態作文教學〉(王碧梅)、〈感性的鄉土動態作文教學活動課〉(王

碧梅)。

(十一)兒童文研究(十一)－鄉土文學專集(6)　民88年1月

〈趣味童話的趣味〉(張嘉驊)、〈生活就是一首詩〉(陳木城)、〈鄉土文學的資料蒐集與寫作〉(馬景賢)、〈我們身邊的生活故事〉(柯作青)、〈集集風情之旅〉(官舜弘)、〈童話創作指導〉(羅華木)、〈談圖畫書的本土意象〉(曹俊彥)。

三、中華民國兒童文學學會

　　民國七十三年十二月二十三日，林良先生等人以研究推展兒童文學為宗旨，成立了中華民國兒童文學學會，由林良先生擔任第一任理事長，任期三年。成立的會員有三百一十三人。七十四年二月，《中華民國兒童文學學會訊》創刊第 1 卷 1 期，為雙月刊，首任主編是陳木城先生，會訊內容包括：兒童文學現況、專題講座內容、兒童文學專文、年會點滴、會議紀錄、兒童文學獎報導以及有關兒童文學的動態報導等等，至民國八十八年一月已發行到 15 卷 1 期了。

　　民國七十四年十二月八日，學會舉辦第一屆論文發表會，在國立師範大學綜合大樓舉行，由林政華先生發表〈兒語研究－兒童詩歌探源〉、駱梵先生發表〈寓言構成要件、發展及其與童話異同項〉。

　　民國七十五年七月二十六日和東方出版社合辦「童話名著研討會」，討論美國 E.B.懷特的作品 *Charlotte's Web*；十二月二十一日，在第一屆第三次大會中與菲律賓「菲華兒童文學研究會」締結為姊妹會。

　　民國七十六年六月二十七日，與台北文學藝術實驗室合辦「人格工程文學座談會」主題爲「兒童少年文學的本質、功能和表現形式」並討論「人格工程文學」與「讀書醫療」。

　　民國七十七年四月九日，與中央圖書館台灣分館合辦「如何展現兒童讀物的民族風格座談會」。七月九日至二十一日，和台北市大地藝術中心合辦「詩畫童心－插畫家和文學家聯展」。十六日，由徐守濤女士演講「讓童詩伴著孩子長大」。十一月十七日與鄭彥棻文教基金會合辦的第一屆「中華兒童文學獎」頒獎，文學類由林武憲先生獲得。

　　民國七十八年三月十九日，舉辦「七十七年度(第一屆)優良兒童圖書金龍獎」，圖畫故事書類《起床啦！皇帝》(郝廣才著，李漢文繪)及故事體類《再見天人菊》(李潼)得獎。十二月十七日在台中舉行年會暨「閱讀指導學術研討會」，是日出版《研究論文叢刊⑤認識兒童期刊》。三十一日出版《史料叢刊(壹)中華民國台灣地區兒童期刊目錄彙編》。

　　民國七十九年四月三日～十日，與中央圖書館臺灣分館合辦「近四十年全國兒童期刊回顧展」。六月三日舉行「好書大家讀」第三次活動「童詩導讀座談會」。七月十五日舉辦「好書大家讀」第四次活動「童話導讀」。七月十七日起到八月二十四日假東方出版社舉辦「童詩研習講座」。十一月二十五日在台北劍潭舉行第二屆第三次年會，及「第十七屆洪建全兒童文學創作獎得獎作品」、「兒童詩歌圖書展」以及「兒童詩創作暨教學」研討會；十一月二十五日出版《研究論文叢刊⑥認識兒童詩》；十二月十六日第三屆改選理監事由鄭雪玫當選理事長。

　　民國七十九年十二月十六日，舉行第三屆第一次理監事聯席會議，選舉理事長、常務理事、常務監事，由鄭雪玫當選理事長。

　　民國八十年三月十六日，「好書大家讀」第一梯次活動，選出《拉拉與我》等四種兒童圖書。五月二十五日第二梯次。七月十三日，第三梯次。九月十四日，第四梯次。三月三十一日出版《華文兒童文學小史》。九月十五日，舉辦「兩岸兒童文學座談會」。出版《兒童文學大事紀要》。

　　民國八十二年二月十日～十五日，與行政院農業委員會、信誼基金會合辦「自然生態保育兒童文學寫作研習班」；舉辦「好書大家讀」第七、八、九、十、十一梯次活動。十一月二十九日，舉行第三屆第二次會員大會暨「童話研討會」；出版《認識童話》、《中華民國台灣地區兒童文學工作者名錄》。

　　民國八十二年舉辦「好書大家讀」第十二、十三、十四、十五梯次活動。十一月廿一日，舉行第三屆第三次會員大會，改選第四屆理監事。與台北市立圖書館合辦「兒童文學與電子媒體未來新展望論文發表暨座談會」。出版《美加地區兒童博士論文提要》。

　　民國八十三年舉辦「好書大家讀」第十六、十七、十八、十九梯次活動。四月十二日《一九九三年優良童書指南》出版。八月一日至八月六日與《國語日報》合辦「兒童文學寫作夏令營」。

　　民國八十四年舉辦「好書大家讀」第二十、二十一、二十二梯次活動；與《國語日報》合辦「圖畫書的創作與製作研習班」、「兒童文學寫作夏令營」、「兒童讀物編輯研習班」，出版《一九九四優良少年兒童讀物指南》、《溫馨十年情專刊》；與天衛文化圖書有限公司合作出版《認識幼兒讀物專刊》。

　　民國八十五年舉辦好書大家讀第二十三、二十四、二十五、二十六梯次活動。舉辦「兒童讀物編輯研習班」、「故事體寫作班」、「兒童文學寫作夏令營」。出版《一九九五年優良少年兒童讀物指南》和與天衛合作的《認識兒童讀物插畫》、《認識少年小說》。

　　民國八十六年辦理第五屆「陳國政兒童文學獎」、舉辦「兒童文學寫作夏令營」、「千歲宴」及「探訪作、畫家心靈故鄉」活動，(第一梯次金瓜石之旅－黃郁文小時候住過的地方、第二梯次陽明山之旅－劉宗銘、陳芳美夫婦工作室)。推展「面向世界‧迎接二十一世紀」系列外國兒童文學現況介紹專欄，收有〈簡說俄羅斯兒童文學〉(歐茵西) 等篇。

　　民國八十七年辦理第六屆「陳國政兒童文學獎」、「兒童文學寫作夏令營」。出版《兩岸兒童文學交流回顧與望專輯》。

四、台北市兒童文學教育學會

　　民國七十六年，由國語文教育家王天福校長創立，結合愛好童文學之作家、教師、出版商及家長等為會員，提倡並推展兒童文學教育，充實兒童精神食糧，擴展兒童知情意領域為宗旨，為此而辦理各項兒童文學活動或競賽，並表彰對兒童文學寫作及從事兒童文學教育有功者。

　　七十七年元月三十一日學會通訊創刊(季刊)，由李新海主編。可惜到八十年停刊。

　　七十九年、八十年辦理「兒童創作獎及成人教育獎」。八十一年舉辦「兒童童詩創作比賽」，八十二年舉辦「童話創作比賽」。參與的學童相當踴躍，每次約有四百人參與，十分熱鬧。除此之外，推動社區媽媽讀書會、兒童讀書會、辦理專題演講以及教師週三進

修系列演講，還舉辦「好書大家讀」活動，讓更多的人，加入讀書的行列，使我們的社會變成書香社會。未來的重要計畫是：辦理兒童文學創作獎(以兒童爲主)、辦理成人兒童文學創作獎、教育獎、辦理兒童讀書會、辦理兒童文學教育師資班。台北市兒童文學教育學會在理事長王天福的領導下，夏婉雲、蘇月霞、鍾國梁、黃美菊、沈麗慧、王天來、林亮伯、李美玲、張嘉真等熱心的理事，都盡心盡力爲學會犧牲奉獻。

五、開設兒童文學課程學校

　　本市設有兒童文學課程的學校有：國立台灣師範大學家政研究所、台北市立師範學院、國立台北師範學院、私立中國文化大學、私立輔仁大學。其中尤以市立師院在兒童文學的耕耘最爲用心。在語教系及應用語文研究所均設有兒童文學研究課程，教授兒童文學理論與賞析。《學燈》每年舉辦徵文活動，還積極鼓勵學生參加各種兒童文學比賽，成績優異，近十年來，得獎學生有一百多人：

(一)臺灣省政府兒童文學獎

　第二屆：初教系趙志文，以＜想長大的字典＞得「佳作」獎。(民國七八年)

　第三屆：語教系向惠芳，以＜手套外的天空＞得「佳作」獎。(民國七九年)

　第四屆：語教系許月瓊，以＜夢想＞作品得獎；王麗君以＜小裘的一天＞得「佳作」獎。(民國八十年)

　第五屆：特教系劉永健，以＜消失的聲音＞得「佳作」獎。(民國八十一年)

第六屆：語文系楊淑珺，以＜阿寶的紅皮鞋＞得「佳作」獎。進
　　　　修部學士後國資科初教系張蘊誠以＜誰是森林之王＞得
　　　　「佳作」獎(民國八十二年)
第九屆：語文系廖祿基，以＜三角鐵小弟＞得「佳作」獎。(民
　　　　國八十五年)

(二)洪建全兒童文學獎(民國八十年)童話組

進修部學士後國小師資科汪棻之獲得首獎。

(三)陳國政兒童文學新人獎

第一屆：童詩首獎：初教系李玉清；佳作：林靜雯。童話首獎：
　　　　語文系張怡雯；佳作：戴如君。
第二屆：童詩創作第二名：進修部語教系林清雄，黃玉君。
　　　　圖畫故事創作第二名：進修部語教系林淑惠。
　　　　童話組佳作：溫憶萍。
第三屆：圖畫故事創作第二名：美勞系曾雪英；佳作：美勞系吳
　　　　玠臻。
　　　　童詩創作佳作：進修部初教系楊麗巧。
　　　　童話創作佳作：語教系何如雲。

(四)教育部師院生兒童文學創作獎

市師院歷屆得獎名單如下：
第一屆(民八十三年童話)優等獎：初等教育系羅文華〈小元的夢
　　　　想〉。佳作：語文教育系呂欣恩〈動物的新衣〉、語文教育
　　　　系鄭靜蓉〈會放電的猴子奇奇〉、語文教育系趙佳惠〈綠

色的兔子〉、語文教育系吳高勝〈失蹤的牙齒〉、語文教育系何如雲〈香香車〉、語文教育系尚漢鼎〈噪音歌后〉、語文教育系林書倩〈灰色的玫瑰花〉、語文教育系黃慶芳〈雨神姑娘的黃金鎖匙〉、初等教育系張惠文〈牆頭上的小草兒〉、語文教育系戴如君〈烏賊小小〉。

第二屆(民八十四年童話)優等獎：語文教育系洪巧〈火精靈亮亮〉。

　　佳作：語文教育系吳高勝〈瞌睡蟲阿吉〉、語文教育系梁淑靜〈少了什麼吉〉、語文教育系黃為麟〈金色香蕉〉、初等教育系潘毓仁〈熱愛陽光的小雨鞋〉、語文教育系蘇慧娟〈都是貪吃惹的禍〉。

第三屆(民八十五年兒歌)首獎：數理教育系林靜雯〈小蝸牛〉、優等獎：音樂教育系邱蘭惠〈早起〉、佳作：語文教育系吳怡慧〈指南針〉、語文教育系張泳絹〈分蘋果〉、語文教育系許育健〈電腦〉、音樂教語文教育系張雅如〈小猴子〉、語文教育系〈勇敢的小弟〉、音樂教育系蕭如君〈騎木馬〉。

第三屆(民八十五年童詩)優等獎：語文教育系洪巧〈西北雨〉。優等獎：語文教育系洪曉菁〈面壁思過〉。佳作：語文教育系蘇慧娟〈路燈〉、語文教育系梁雅惠〈警察伯伯〉、語文教育系曾建銘〈超級守門員〉、語文教育系鄭憲志〈烏雲〉、語文教育系黃蓉馨〈愛的不滅定律〉、數理教育系周孟弘〈流浪狗〉、數理教育系蘇婉淳〈害羞〉。

第四屆(民八十六年兒歌)首獎：語文教育系簡玉婷〈眼淚〉、優等獎：語教系李佳娟〈小辣椒〉、佳作：音教系何伊芳〈弟的糖果〉、音教系林雨青〈迷糊的綿羊〉、語教系王玉婷〈洗

衣機〉、語教系蔡宜孜〈辦家家酒〉。

第四屆(民八十六年童詩)佳作：社教系曾鈺純〈滷肉飯的魅力〉、
　　語教系蔡佳真〈雨〉、音教系李敏行〈時間〉、社教系韓可
　　君〈月亮〉。

第五屆(民八十七年寓言)優等獎：國小師資班陳吟菱〈自大的黃
　　河〉、優等獎：語文教育系劉姿麟〈年輕的馴獸師〉。佳作：
　　語文系曾于娟〈狐狸和母雞〉、語文系周宜佳〈貓與麻雀〉、
　　國小師資班鍾毓平〈塑身美容的小柳樹〉、語文系許世能
　　〈森林攝影比賽〉。

第五屆(民八十七年兒童故事)佳作：國小師資班喬莉莉〈拉丁娃
　　娃〉、語文系孔微雲〈毛毛蟲與蝴蝶〉、音樂系伍怡亭〈琉
　　加的星星〉。

第六屆(民八十八年童詩)佳作：社一許家瑩、社一張純瑛、語一
　　林卉文、師資甲李明燦、社教一王月靜。

第六屆(民八十八年童話)優等獎：師資吳昭芳、語一李佩怡。佳
　　作：語三陳美伶、語三鄭惠玲、師資李明燦、語三劉姿麟、
　　師資謝惠吟、師資林智輝、語三何孟芩。

六、兒童文學獎項

(一)洪建全兒童文學創作獎

　　由洪建全教育文化基金會和書評書目雜誌社合辦，設立於民國六
十三年，至民國七十九年共計十七屆，以鼓勵兒童文學的創作為宗旨。

第一～五屆設有：圖畫故事類、童話類、少年小說類、兒童詩類。

第六、七屆不分類，統稱創作獎。

第八屆少年小說類。

第九屆童話類以外另設推薦獎。

第十～十三屆爲原有四類。

第十四～十五屆起增設兒歌類。

第十六屆以後分爲：圖畫故事類、兒歌類、童詩類、散文類、童話類、少年小說類。

本獎得獎人除發給獎金外，另發給紀念牌一面。

(二)布穀鳥紀念楊喚兒童詩獎

設立於民國六十九年。是布穀鳥兒童詩學社的成員，爲了紀念詩人楊喚在兒童詩方面的成就和貢獻，並爲推展兒童詩的創作而發起。評選對象是成人用中文創作之兒童詩作品。得獎者獲頒獎牌乙座、獎狀乙幀。辦理三屆，因《布穀鳥》兒童詩學季刊停刊而停辦。

(三)信誼幼兒文學獎

民國七十六年設立。由信誼基金會主辦，其宗旨是肯定兒童文學的重要性，帶動國內幼兒文學的創作風氣，並提昇國內幼兒書的創作品質及欣賞品味。評審原則爲具原創性，適合八歲以下之幼兒閱讀，內容、形式規格不拘，但以未出版、印行或發表爲限。

(四)東方少年文學獎

民國七十六年設立。旨在紀念東方出版社創辦人游彌堅先生對文化事業的貢獻。並鼓勵從事少年文學的創作，提昇創作品質。此獎徵獎對象包括海內外華人，應徵作品以未在任何報章雜誌發表或出版者爲限。

(五)楊喚兒童文學獎

民國七十七年設立。是爲了紀念詩人楊喚先生對兒童文學的卓著貢獻，及鼓勵兒童文學作家而設立。財源來自於親親文化事業公司出版楊喚作品的版稅，以及熱心人士的捐助。由多位童詩作家組成管理委員會負責工作執行。

(六)中華兒童文學獎

民國七十七年設立。由鄭彥棻文教基金會提供獎金，中華民國兒童文學學會執行辦理。以提昇兒童文學水準爲宗旨。獎勵作品內容包含兒歌、童詩、插畫、攝影、童話、少年小說、理論研究等。獎項分爲文學類和美術類。

(七)兒童文學牧笛獎

民國八十四年，國語日報爲了鼓勵兒童文學創作，於是結合了社會力量，設立了「兒童文學牧笛獎」。牧笛獎的獎牌，由畫家曹俊彥先生設計。圖畫上有牧童坐在牛背上吹笛子，水牛代表鄉土，牧童代表孩子，笛子代表音樂，牧笛獎代表了對鄉土的關懷、和童心的共鳴以及對藝術創意的珍惜。

這個獎項每兩年頒獎一次，獲獎的作品由國語日報出版部出版，分享所有喜愛兒童文學的讀者。第一屆獲獎的童話故事：《蠶帆》(周銳著、徐建國圖)、《入侵紫蝶谷》(陳素宜著、蔡靜江圖)、《放狼的孩子》(劉燕琍著、洪義男圖)、《動物語言翻譯機》(杜紫楓著、黃淑華圖)、《天羅與地網》(呂玫芳著、林純純圖)、《神秘森林的神秘事件》(林淑芬著、陳維霖圖)。圖畫故事：《我變成一隻噴

火龍了》(賴馬文、圖)、《鐵馬》(王蘭文、張哲銘圖)、《祕密花園》(高玉菁文、圖)、《不吃魚的怪怪貓》(黃麗珍文、圖)、《祝你生日快樂》(方素珍文)、《鶯鶯阿莫》(林宗賢文、圖)。第二屆得獎童話組：《高樓上的小捕手》(林世仁)、《狀況三》(陳素宜)、《一隻豬在網路上》(方素珍)、《尋找快樂的鬼》(麥莉)、《羅蜜海鷗與小豬麗葉》(王淑芬)、《形狀的故事》(陳昇群)。圖畫故事組：《椅子樹》(梁淑玲)、《為什麼毛毛愛睡覺》(郝洛玟)、《彩虹村》(謝佳玲)、《米粒市長》(黃茗莉)。

參、人物篇

台北市是政經文教的核心，是以兒童文學亦屬核心地區，重要「作家」有：林良、馬景賢、林海音、華霞菱、潘人木、鄭雪玫、顏炳耀、蔣竹君、鄭明進、林煥彰、曹俊彥、陳正治、林政華、桂文亞、夏婉雲、管家琪、王金選等等。

肆、回顧與前瞻

台北市兒童文學發展由民國三十七年國語日報「兒童版」創刊開始，內容著重於教育，目的在於宣導教育，推行國語。民國四十年由林良先生主編，內容漸趨於文學性。民國五十年由張劍鳴先生主編，內容大量引進國外兒童文學名著，並改寫中國文學名著，是為兒童文學發展期。

由民國七十五年開始，兒童文學寫作人才鼎盛，是為兒童文學發展的蓬勃期，原因是：

(一)有心人士不斷推廣，成立中華民國兒童文學學會、台北市

兒童文學教育學會。

(二)出版大量兒童讀物，由於經濟起飛，印刷條件佳，出版品的彩色版面增加，並有美編、美工人才的加入，於是大量的精美兒童讀物出版品產生。

(三)培養寫作人才，辦理研習活動，例如國語實小主辦的的兒童文學研習、《國語日報》的寫作研習班等，都培育不少寫作人才。

(四)開闢發表園地：像《國語日報》、《民生報》、《中華日報》、《中國時報》、《中央日報》都闢有兒童園地。

(五)辦理好書推薦活動，民國八十年起，由《民生報》發起，與中華民國兒童文學學會共同創辦「好書大家讀」活動，主旨是鼓勵優良少年兒童讀物的出版與寫作、提供圖書出版新資訊、建立優良少年兒童圖書評鑑制度、提倡讀書風氣、並為家庭、學校、社會搭建一座相互溝通的讀書橋梁。

(六)設置兒童文學獎項，以發掘兒童創作人才：

1.洪建全兒童文學創作獎，分圖畫故事、童話、童詩三項，於民國六十四年元月三十日創立，舉辦至第十七屆，今已停辦，非常可惜。

2.九歌文學獎：以兒童小說的作品為主。

3.信誼幼兒文學獎：民國七十六年元月十二日設立，七十七年元月十九日第一屆「信誼幼兒文學獎」頒獎，以幼兒圖畫故事書、兒歌為主。

4.國語日報兒童文學牧笛獎，民國八十四年成立，分為童話、圖畫故事兩項。每兩年舉辦一次。

5.台北市兒童文學教育學會設立兒童文學創作及兒童文學教育獎項。

6.市立師院《學燈》，每年舉辦徵文比賽，培育許多寫作人才。

(七)新一代寫作人才越來越多：

早期的兒童文學作家：林良、林海音、張劍鳴、桂文亞、蔣竹君、嶺月、林煥彰等等都為兒童文學奉獻了許多心力，也樹立了良好的典範，而新一代的兒童文作家也一一嶄露頭角，如：孫晴峰、方素珍、管家、張嘉驊、郝廣才、王淑芬、夏婉雲、褚乃瑛等都有豐富的作品。

(八)國小兒童文學教學

台北市各國小也重視兒童文學，除了國語科輔導團常到各校輔導以外。各國小也紛紛出版校刊或專集。讓兒童文學的種子向下扎根。

目前台北市的兒童文學在出版社、報社、學校、學會及有心人士的推動下，已有璀璨的成績，但我們仍然期許有更輝煌的未來：

一、設立兒童文學研究所

目前台北市研究所中，僅師大的家政研究所，設有幼兒文學課程及市立師院應用語文研究所，設有兒童文學研究課程，而台東師院已經成立兒童文學研究所。台北市的大學眾多，又有台北師範學院及國北師範學院兩所國民小學師資培育搖籃，若能成立兒童文學研究所，可培育更多的兒童文學寫作及教學人才，對台北市的兒童文學發展，將有更大的助益。

二、鼓勵創作並出版

　　請台北市政府設立「兒童文學獎」，鼓勵師生創作，並將得獎作品結集出版，提高創作意願和水準。

三、創辦兒童文學雜誌

　　讓喜愛兒童文學的大眾有一個共同耕耘的園地，除了學術理論、研究心得、兒童文學現況報導以外，大家彼此分享心得、交換欣賞作品，激發大家寫作的熱情。

四、舉辦學術研討會

　　設有語文教育的學校可輪流舉辦兒童文學學術研討會，培養學術研討的能力，及深入探討兒童文學的空間。

伍、結語

　　台北市的兒童文學發展，無論是環境或人才，可謂全國之冠，過去歷經了發展期到達蓬勃期，有報社、出版社、學校、文學學會和個人的努力，不斷透過研習、研討會、頒獎活動，已經為兒童文學耕耘出一片理想的天地。

　　自從民國八十二年國民小學教科書開放，許多兒童文學作家紛紛投入編輯教科書的陣容，教科書的編輯是一份繁重的工作，因此有些作家本身作品量減少，但是可喜的是我們看到，由作家們寫出的國小國語課本，充滿了兒童文學真善美的意境，令學童愛不釋手，讓兒童遨遊在兒童文學的天地中學習國語文，是一件多麼快樂的事，這未嘗不是兒童文學界的一大收穫。

附錄、編年記事

民國 37 年　　《國語日報》創刊

民國 42 年　　學友書局創辦《學友》雜誌

　　　　　　　台灣省教育會編輯「愛兒文庫」由東方出版社出版

民國 43 年　　東方出版社出刊《東方少年雜誌》

民國 46 年　　中央圖書館舉辦「兒童少年讀物展」

民國 49 年　　市立師範國校師資科語文組開設「兒童文學研究」課

民國 54 年　　國語日報社出版部編印《世界兒童文學名著》

民國 59 年　　市立師專開設「兒童歌謠」研究

民國 61 年　　《國語日報》〈兒童文學〉周刊創刊

　　　　　　　空中師專設「兒童文學研究」課程

民國 63 年　　台北市教育局成立「兒童文學研習班」

民國 64 年　　第一屆洪建全兒童文學創作獎頒獎

民國 66 年　　光復書局在遠東百貨舉辦「世界優良兒童圖書展」

民國 67 年　　市立師專語文組選修「兒童文學研究及習作」

民國 68 年　　中華兒童百科全書由台灣書店發行

民國 71 年　　英文漢聲出版公司《中國童話》一至六集獲金鼎獎

民國 73 年　　邱各容先生開始從事兒童文學史料蒐集、整理及研究

　　　　　　　工作

　　　　　　　中華民國兒童文學學會成立

民國 74 年　　《中華民國兒童文學學會訊》創刊

　　　　　　　中華民國兒童文學學會第一屆論文發表會

民國 75 年　　省立台北師範設立「芝山兒童文學獎」

東方出版社舉辦「如何爲孩子選擇課外讀物座談會」
東方出版社與中華民國兒童文學學會合辦「童話名著研討會」
東方出版社舉辦「我國兒童文學史料蒐集和整理研討會」
東方出版社舉行「文化背景與兒童文學發展研討會」
中華民國兒童文學學會與菲律賓「菲華兒童文學研究會」締結爲姊妹會

民國 76 年　中央圖書館台灣分館成立「兒童文學資料中心」
市立師院「兒童文學及習作」改爲必修
台北市兒童文學教育學會成立
東方少年小說獎第一屆頒獎

民國 77 年　信誼第一屆「幼兒文學獎」頒獎
台北市兒童文學教育學會通訊創刊
《國語時報》創刊
第一屆「中華兒童文學獎」頒獎

民國 78 年　第一屆優良兒童圖書金龍獎揭曉
親親文化公司主辦第一屆「楊喚兒童文學獎」
《小鷹日報》元月創刊，七月停刊
水芹菜兒童劇團在台北市社教館舉行告別公演「西遊記」
市政府新聞處和市立圖書館聯合舉辦「分類圖書兒童讀物展」
魔奇兒童劇團在國家劇院演出「彼得與狼」
《小朋友巧連智》月刊創刊，總編輯高明美
中華民國兒童文學學會出版《史料叢刊(壹)中華民國

　　　　　　　　台灣地區兒童期刊目錄彙編》

民國 79 年　　信誼幼兒文學獎第三屆頒獎

　　　　　　　中華民國兒童文學學會與中央圖書館台灣分館合辦「近

　　　　　　　四十年全國兒童期刊回顧展」

　　　　　　　國立教育資料館舉辦「兒童課外讀物展」

民國 80 年　　好書大家讀第一、二、三、四梯次活動

　　　　　　　舉辦「兩岸兒童文學座談會」

　　　　　　　第十八屆洪建全兒童文學獎

　　　　　　　第四屆中華兒童文學獎

民國 81 年　　新聞局主辦「兒童、文學、環境座談會」

　　　　　　　好書大家讀第五、六、七、八、九、十、十一梯次活動

　　　　　　　第五屆中華民國兒童文學獎

民國 82 年　　「好書大家讀」第十二、十三、十五梯次活動

　　　　　　　大專院校兒童文學教授座談會

　　　　　　　第一屆陳國政兒童文學新人獎頒獎

　　　　　　　第六屆中華兒童文學獎美術類頒獎

　　　　　　　八十三年度大專院校兒童文學研修獎學金頒獎

民國 83 年　　舉辦「好書大家讀」第十六、十七、十八、十九梯次

　　　　　　　活動

　　　　　　　第二屆陳國政兒童文學新人獎頒獎

民國 84 年　　世界華文兒童文學資料館正式開館

　　　　　　　舉辦好書大家讀第二十、二十一、二十二梯次活動

　　　　　　　「好書大家讀」在東門國小舉行校園書香推廣活動

　　　　　　　第三屆陳國政先生兒童文學新人獎頒獎

八十四年度大專院校兒童文學研究獎學金頒獎
民國 85 年　　舉辦「好書大家讀」第二十三、二十四、二十五、二十六梯次活動
第四屆陳國政先生兒童文學新人獎頒獎
八十五年度大專院校兒童文學研究獎學金頒獎
民國 86 年　　第五屆陳國政先生兒童文學獎頒獎，林良先生專題演講〈談幼兒文學的文字〉
台北市圖民生分館辦童詩朗讀及繪畫比賽
召開「第五屆亞洲兒童文學大會」籌備會議
民國 87 年　　兩岸兒童文學交流回顧與展望座談會
出版《兩岸兒童文學交流回顧與展望專輯》
第六屆陳國政童文學獎頒獎

話說桃園縣兒童文學

傅 林 統

話說桃園縣兒童文學

❖傅林統

壹、從古早說起

談起桃園縣的兒童文學，淵源可追溯到原住民的口傳故事，以及先民屯墾拓荒之餘的「爐邊故事」，書塾老師的自編教材----如「切要雜字」等，所謂「雜字」是把當時當地，兒童必備的知識，包括天文、地理、歷史、農耕、工商等常識，用押韻的方式寫起來，以便順口而容易記憶。因各地風俗、地理、人物不同，所以塾師必須自行創作，當中也帶著幾分童趣。

日據時代雖然受軍國主義的影響，文章淪為政治工具，但童謠的流行卻露出了一線光明。筆者曾在南崁國小看過小朋友的日文童謠作品，詩情畫意，天真無邪，令人喜愛。

貳、點燃火苗的開路先鋒

光復後，突破語文障礙，以及重新學習的困境，努力耕耘而在創作上有成績者大有人在。鍾肇政的寫作雖然以成人小說為主，但《魯冰花》卻展現了他對兒童的關懷，以感性的筆法提出了他對兒童教育的觀念，也激發了兒童自我成長的意識。

此時原先也是寫成人作品的林鍾隆，受林良、徐曾淵的鼓舞，熱心投入兒童文學創作，成績輝煌，其中尤以《阿輝的心》最為著稱。

　　鍾、林二氏同為桃縣文壇的先進，也是本縣兒童文學的開路先鋒。

參、環繞著《桃園兒童》的接棒者

　　桃園縣的兒童文學發展，值得一提的是《桃縣兒童》（一九六五）的創刊。當時大園國小由許義宗主編校刊《小白鴿》，甚獲佳評，教育界乃有擴大為全縣聯合校刊之議。在《桃縣兒童》發表作品的作家，都是一時之選，如林鍾隆、徐正平、曾信雄、馮輝岳、羅枝土、廖明進、謝新福等就是。《桃縣兒童》一開始就由邱傑、謝在鴻繪圖，當時邱傑已是出版好幾本漫畫的青年才俊，後來又寫童話、小說，而以《世紀大探險》、《智慧鳥》、《地球人和魚》、《少年耀宗的故事》、《北京七小時》等小說，獲得多項兒童文學獎。

　　主編《桃縣兒童》的許義宗，除了創作童話外，在理論研究方面出版《兒童文學論》、《西洋兒童文學史》等書，是台灣早期最完整的兒童文學理論書。

　　徐正平的寫作開始得很早，出版的作品有《千字童話》、《鱷魚潭》、《泡泡兒飄了》、《大熊和桃花泉》、《小白沙遊記》等。同時徐正平也是板橋研習會兒童讀物寫作班的催生者，更與桃縣教育局劉永發課長，共同策劃出版《桃園縣教師兒童文學創作選集》，最值得一提的是他在台灣兒童文學資料的蒐集保存頗為用心，經常提供研究者珍貴的文獻。

　　曾信雄寫作多元化，兒童文學方面的有小說、散文、作文指導等，《春華秋實》是他成功的少年小說作品。

　　馮輝岳是詩人，兒歌也寫得清新感人，同時又是傑出的童話、小說作家，更是文學理論的研究者、著作者，並獲得多項兒童文學獎。

　　羅枝土寫作也開始得頗早，且得獎次數甚多，其作品結集由縣文化中心印行的有《羅雅溪作品選集》及《信心》兩冊。

　　謝新福的散文、童話、童詩都相當具有水準，童詩集有《媽媽有兩張臉》，童話集有《老賴的天鵝》、《龍愛辦家家酒》、《月亮和作夢的孩子》等，散文集有《浮生四情》、《不負此生》等。

　　廖明進的作品以樸實淳厚著稱，散文、小說為其所長，《阿木的秘密》是自傳式少年小說，《山中歲月》是散文集。

　　傅林統寫作多元化，少年小說有《友情的光輝》、《海棠公園》、《小獵人》、《風雨同舟》等，童話集有《小龍的勇氣》、《秋風姊姊》等。近年從事理論研究及評論，著有《兒童文學的思想與技巧》、《少年小說初探》、《美麗的水鏡》、《童詩教室》等書。

肆、縣研習會造就新秀人才

　　自從板橋研究會於民國六十年設「兒童讀物寫作研究班」以來，本縣徐正平、曾信雄、范姜春枝、吳家勳、傅林統等人，每期均以輔導員身份參與。為了擴大研究成果，乃有在縣舉辦研習會之議，縣府教育局十分重視，於是由徐正平等人策劃，逐年辦理。

　　此後新秀輩出，兒童文學蓬勃於桃園，中生代作家有吳家勳、戴振浩、鄧博敦、何紹清、余謙誠、詹國榮、黃登漢等，他們常有作品發表，也常在國內兒童文學創作比賽中獲獎。

　　而新秀亦如雨後春筍般冒出芽來，如黃秋芳、賴金葉、李換、張美香、李光福、林瑞芳、呂嘉紋等人，無論在教學指導推廣或本身寫作方面，都有可觀的成績單。

　　近幾年，本縣兒童文學研究會多由黃登漢辦理，其間敦聘新進名作家蒞臨現身說法，如：李潼、管家琪、桂文亞、張子璋、陳木城、張嘉驊、杜榮琛等名嘴，先後來桃講課授業，對於本縣寫作風氣的提昇產生極大的作用。

伍、其他概況

　　本縣教師兒童文學創作選集，第一集《清晨》於民國六十三年出版，至今（八十七年）已出版到第十九集《鄉下的孩子》，此間共同參與耕耘的作家畫家眾多，顯示文風鼎盛，一棒接一棒，未有間斷。

　　目前桃縣每年至少舉辦一、二次大型全縣性的兒童文學研習，持續不懈。為求普及，每年亦辦理一次創作徵文比賽，以驗收成果，這些活動皆深獲縣內國中小教師肯定，報名參加踴躍，相信在這塊園地耕耘的老師將愈來愈多。

　　黃登漢為求深耕，先後在大溪、平鎮辦理小型二十多人的兒童文學寫作研討班，吸引了年輕老師的參與，每週一次定期的創作、觀摩研討，已進行了兩年成效正在醞釀浮現中。

（本文原刊於中華民國兒童文學學會會訊，15 卷 1 期，1999 年 1 月）

新竹縣兒童文學初探

吳　聲　淼

新竹縣兒童文學初探

❖吳聲淼

壹、前言

新竹古稱「竹塹」，為臺灣北部最先開發的城市，原淡水廳署之所在，山川秀麗，人文蔚茂；清朝開台進士鄭用錫及名流林占梅，提倡詩學、設書院、建爽吟閣、引導後輩入門，因而文風鼎盛，詩人層出，大陸騷人墨客聞風而來聚會和唱，盛極一時，有徐宗幹、黃紹芳、洪毓琛、黃鶴齡、曾驤、楊慶琛、廖鴻荃等，留下了不少傑作詩文、書畫及風雅事蹟，如《北郭園全集》、《潛園琴餘草》等，當時竹塹被稱為文化城，名冠全台。甲午中日戰後，淪日半世紀，我民族飽受異族殖民政治壓榨剝削，足供教訓之史實殊多；惟本縣詩社未減反增，數量為全國第一，詩作頗多，大都為窮愁發憤之鳴，愛國情懷，僅託於詩以見志，有《臺海擊缽吟集》、《臺陽詩話》、《師友風義錄》等。

光復以來，新竹之經濟建設與文教實施，尤多進步，令人刮目。出生於新竹的鐵血詩人吳濁流先生，則是台灣近代文學史上，最有力的歷史見證人，同時也是四百年來，有良知的台灣知識份子的代表性人物。他於一九六四年創辦了台灣文學史上最重要的一本文藝刊物《台灣文藝》雜誌，這份刊物至今仍為大多數台灣作家的傳統精神堡壘。

新竹地區的文藝創作家，不少是國內文藝界的知名人士，如龍瑛宗、陳秀喜、杜潘芳格、彭瑞金、林伯燕、徐仁修等，而在兒童

文學界的領域裡，也創造出許多傲人的成績。

貳、發展概況

　　新竹地區自光復以來，縣市合一，如水乳交融，文化素養，蒸蒸日上，即使民國七十一年後，縣市分治，在榮辱相共的良性競爭前提下，各自創出了許多傲人的成績：

　　在兒歌創作方面有：周伯陽等。

　　在兒童文學理論方面有：康榮吉、李麗霞、徐紹林等。

　　在童話創作方面有：徐紹林、姜義鎮、王德鴻、呂紹澄、馮菊枝、陳素宜等。

　　在兒童散文創作方面有：邵僩、林壬淳、溫菊妹、馮菊枝等。

　　在兒童插畫方面有：陳定國、徐素霞、林宗賢等。

　　在兒童相聲方面有：楊家倫等。

　　在童書編輯方面有：華霞菱、黎芳玲等。

　　他們在兒童文學的創作、教學或是推廣上，都有不朽的貢獻。

參、人物作品簡介

　　以下介紹幾位作家的生平、較爲著名的作品，以及獲得的重要獎項：

周伯陽：

　　周伯陽（1917-1984），台灣省新竹市人，早年畢業於台北第二師範學校普通科及演習科（1937），台灣終戰後，又進修畢業於新竹師範專科學校暑期部。曾擔任苗栗縣竹南國小以及新竹縣新竹國小、內湖國小、沙坑國小、東門國小、南寮國小等校教師，西門國

小教務主任、虎林國小及陸豐國小校長等職務,在教育界服務四十餘年,一九八三年在新竹縣陸豐國小退休。

　　從一九三七年到一九四五年日本戰敗爲止,由於日本殖民政府查禁漢文,台灣作家只好用日文寫作。戰爭結束之後,這些台灣作家以爲回到「祖國」的懷抱,從此可以享受日帝統治下未嘗擁有的言論自由。然而台灣光復之初,歷經了二二八事件和白色恐怖之後,國民政府全力推行國語運動,禁絕日語及其他方言,這種語言的轉變,受到最大打擊的莫過於日治時代習慣用日文寫作的作家,他們失去了閱讀和創作的熱情,欲振乏力地躲在黑暗的角落裡苟延殘喘。

　　國語運動推行之初,唸日本書的國小老師們,才開始「晚上學國語,白天教ㄅㄆㄇㄈ」。音樂課也不能老唱日本兒歌,作曲的老師,泰半不會寫「國語作文」,寫詞的人,則以外省籍居多,其中周伯陽是一個異數,他寫〈妹妹背著洋娃娃〉、〈木瓜〉、〈小黑羊〉、〈法蘭西的洋娃娃〉、〈娃娃國〉、〈小水牛〉等作品,卻是道地唸日本書的台灣人。

　　周伯陽早年即有志於歌謠創作,光復前他所作的〈篦麻〉曾入選爲國校音樂教材。台灣光復後,改以中文創作,並由啓文出版社陸續出版。著有詩集《綠洲的金月》(日文)、《周伯陽詩集》,童謠集《花園童謠歌曲集》、《蝴蝶兒童歌曲集》、《月光童謠歌曲集》、《明星童謠歌曲集》、《少年兒童歌曲集》等多冊;其中〈花園裏的洋娃娃〉和〈木瓜〉,曾編入國民小學教科書教材。

　　他一生致力於兒童歌謠的創作,並力邀名音樂家配曲,更自費印行推廣,他生前寂寞,死後逐漸顯相,深受肯定,數十年來,所

作歌謠猶在大街小巷中流行，就是最好的證明。

華霞菱：

　　生於一九一八年，河北省天津市人，出身北平香山慈幼院第三校幼稚師範初中部。華霞菱老師來台後，追隨我國幼稚教育宗師張雪門先生繼續從事幼教工作，曾經擔任新竹師專附小幼稚園主任長達十二年之久。在這段其間，她長期思索如何為幼稚園單元設計而創作語文教材。

　　當教育廳兒童讀物編輯小組成立後，華老師也曾寫過十幾本低年級看的兒童讀物，所以能深刻了解《中華兒童叢書》的確是值得向老師、家長、學生介紹的優良兒童讀物。幾十年來，華老師為幼稚園缺乏教材的現象一直感到遺憾；同時另一種意念卻始終無法忘卻，那就是如何散播雪門先生「行為課程教學法」的種子。大約在民國七十一年左右，終於機會來了，她向國語日報出版部編譯組主編張劍鳴先生提出一個構想----向幼稚園老師推介配合單元教學用的好故事書，結果獲得張先生的同意。從民國七十二年一月卅日起，在《兒童文學周刊》撰寫「幼稚園兒童讀物選讀」，時間長達兩年八個月，總共挑出二十本書配合教學單元加以介紹。到這個時候，華老師多少年來的心願總算得以實現，由於她的專注與執著，《幼稚園兒童讀物精選》（國語日報 74.12）終於問世，而她也慎重地挑起「推銷員」的擔子。

　　重要的著作有：《小糊塗》（省教育廳 58.10）、《顛倒歌》（省教育廳 59.05）、《顛顛倒倒倒顛》（信誼出版社 74.01）、《魔術筆》（信誼出版社 76.05）、《幼稚園兒童讀物選讀》（國語日報出版部 74.12）、《好好愛我》（省教育廳 76.03）等數十本，其中《小糊塗》獲得民

國六十年最佳寫作金書獎，《五彩狗》則獲得民國七十一年最佳寫作金書獎。

姜義鎮：

一九三三年生，新竹師專畢業，曾任國民小學教師、主任、校長等四十三年，已退休，現為新竹縣文物協會總幹事，著有《自然教室》（青文出版社）、《有趣的自然科學實驗（上）、（下）》（青文出版社）等。

徐紹林：

一九三九年生，新竹師專畢業，現任新竹縣東光國小校長，徐校長無論是在童話創作、兒童戲劇劇本的寫作及兒童文學理論方面都有可觀的著作。出版的作品有《徐紹林童話》（台灣出版社 62.09）、《小泥人和小石人》（國語日報社 62.12）、《小露珠兒》（台灣出版社 68.05）、《交通安全故事》（台灣出版社 68.10）、《龍的傳人》（成文出版社 69.02）、《紅臉公雞》（國語日報社 72.09）等。

呂紹澄：

一九五五年生，國立彰化師範大學輔導系畢業，現任新竹縣南和國小校長，由於經常和小朋友生活在一起，喜歡為兒童寫故事，作品曾獲三次洪健全兒童文學創作獎（71、73、76 年）及教育部文藝創作兒童文學獎，重要的出版品有《石城天使》（書評書目 73.09）、《小黑炭和比比》（九歌出版社 79.02）、《誰偷吃了雞蛋》（大千文化 72）等，其中《小黑炭和比比》榮獲《中國時報》開卷版票選一

九九〇年度最佳童書。這本書是以「環保」為訴求，「環保」原本
是一個嚴肅的話題，但是透過童話體裁，叫人覺得新鮮又有趣。環
境汙染日趨嚴重，山上的動物、昆蟲忍無可忍，集體下山攻擊人類，
也許不是危言聳聽，故事中的主角小黑炭和比比，兼具勇敢與機智，
解決了垃圾汙染的危機，是小朋友學習的榜樣。

徐素霞：

　　一九五四年生，法國國立南錫美術學院畢業，現任新竹師院美
勞系教授。出版的作品有：《媽媽小時候》（台灣省教育廳 75.04 文、
圖）、《水牛和稻草人》（台灣省教育廳 75.12 圖）、《老牛山山》（台
灣省教育廳 76.04 圖）、《創意童話（四）（五）》（洪健全基金會 76.04
圖）、《第一次拔牙》（信誼基金會 79.02 圖）、《家裏多了一個人》（理
科出版社 79.07 文、圖）等，作品曾獲洪健全兒童文學創作獎（1986）、
中華兒童文學獎（美術類 1990）等；另外特別值得一提的是《水牛
和稻草人》獲得義大利波隆納國際童書插畫入選獎（1989），首開
我國圖畫書進軍國際之先河，對於我國圖畫書之發展有啟發的作
用。

黎芳玲：

　　一九五七年生，輔仁大學畢業，曾任職於信誼基金會信誼出版
社，現任職親親文化事業股份有限公司，主編《親親自然》系列，
頗受小朋友的喜愛。重要的作品有《吉吉和磨磨》（信誼出版社）、
《水真好玩》（信誼出版社）、《親親自然》系列（親親文化事業股
份有限公司 76.7~）。

陳素宜：

　　一九六二年生，新竹縣北埔鄉人。國立師範大學畢業，現任國小老師。作品曾獲九歌現代兒童文學獎。台灣省政府教育廳兒童文學創作獎、國語日報牧笛獎等。重要的作品有：《天才不老媽》（九歌出版社 84.09）、《秀巒山上的金交椅》（九歌出版社 86.04）、《入侵紫蝶谷》(86.03)、《狀況三》（國語日報社 87.04）等。

林宗賢：

　　一九六二年生，為年輕插畫家，曾獲「好書大家讀」一九九五年度優選圖畫書，第三、八屆信誼幼兒文學獎，第一屆國語日報牧笛獎。作品有：《鷺鷥阿莫》等。

陳定國：

　　一九二三年生，新竹縣新埔鎮人，新埔公學校畢業，就讀宜蘭農校，昭和十八年，入日本東京太平洋美術專門學校，光復後返台，任職新埔鎮公所秘書，1951 年，轉任新竹縣政府職，其後任教新埔國小迄退休，退休後仍到各大專院校主持漫畫研習班，是台灣最資深的漫畫作家之一，也是開拓台灣漫畫界的先驅者。自 1950 年至 1980 年間，於學友雜誌連載長篇漫畫《三藏取經》，創作不斷，其量驚人，出版漫畫單行本 1000 餘冊，另外由現代教育出版社所出版的童話故事書，就有 1800 餘冊之多。比較重要的作品有：《呂四娘》、《白蛇傳》、《花小妹》、《孟麗君》、《白娘娘》、《樊梨花》、《貂蟬》、《西遊記》等，大多取材民間故事，對於民族精神之宣揚及對社會教育的推行均有莫大的貢獻，極受學生喜愛，生平獲獎無數。1973

年曾獲總統召見並賜宴。陳定國畫筆流暢，線條分明，尤以筆下之
古裝仕女眼波流轉，會打眼箭，此爲國畫所不能，至爲難得。

李麗霞：

　　1950 年生，國立台灣師範大學國文研究所碩士，現任國立新竹
師範學院副教授。文藝青年時期曾寫幾篇散文，1988 年發表第一篇
有關兒童寫作的論述性研究，著有《兒童詩歌教材教法輔導資料》、
《科學童話研究》等，其中《科學童話研究》一書是全國第一本科
學童話研究論述，目前積極從事於「兒童寫作行動研究」。

馮菊枝：

　　曾任教職，現專事寫作，曾榮獲國家文藝獎，及國內各大報文
學獎。兒童文學作品有〈火孩子〉、〈仙女夢〉等。

邵僩：

　　早期爲中華兒童叢書編寫了一些兒童散文：燈（56 年 11 月）、
在陽光下（56 年 9 月）、大海輪（65 年 10 月）等。

肆、重要大事簡介

一、獨步全國的兒童文學專輯：

　　民國七十一年，教育局擬積極推廣新竹縣的兒童文學，召集縣
內二十多位曾經參加板橋研習會「兒童文學寫作班」的教師，提供
意見，經過討論研究後，決定於同年之兒童節出版一本兒童文學創

作集，讓大家來開發、灌溉兒童文學的新天地，《新竹縣兒童文學專輯》第一輯於焉誕生。教育局長程良雄在發刊詞中這樣說道：「這是一本熱心兒童文學同人共同努力耕耘的結晶，我們一方面感謝賜稿的每位老師，一方面對編輯委員晝夜的辛勞，表示十二萬分的謝意；更盼望大家相互切磋，繼續耕耘。」

　　就在這些勉勵的話語中，一年接一年，不間斷的努力，將新竹縣的兒童文學推展到最高境界。值得一書的是，其間數輯碰到財務困難幾乎停刊，幸虧當年擔任縣教育局長的連添財先生，不辭辛勞地到處奔走募款，最後得到中華文化復興運動委員會新竹總會的資助，得以持續出刊。創刊至今，兒童文學專輯已出版十七輯，除第三輯外，每輯均以「小 OO」來命名，命名與封面設計也是開放徵稿的，其命名分別為：一、小燈籠，二、小風箏，三、新芽，四、小星星，五、小天使，六、小叮噹，七、小蜜蜂，八、小風車，九、小貝殼，十、小蝸牛，十一、小園丁，十二、小白鴿，十三、小鷺鷥，十四、小彈珠，十五、小魚兒，十六、小圓圓，十七、小花鹿。

　　專輯內容豐富，大致分為童詩、散文、童話、少年小說等四大部分，在全縣師生共同筆耕下，在編輯群質量兼備的堅持中，寫作風氣與創作水準一年比一年提高，年度兒童文學專輯，儼然已成為全縣師生最佳的精神食糧。

二、教師兒童文學創作才藝營：

　　七十一學年度暑假，在大華工專舉辦的「教師兒童文學創作才藝營」，邀請了許多兒童文學專家，如：林良、傅林統、曾信雄、馮輝岳、杜榮琛等前來授課，造成新竹縣兒童文學創作的空前盛況，

後來因故未能續辦，令人惋惜。

　　省、縣國民教育輔導團，每年都會舉辦全縣性的國語科研習，研習中都會邀請兒童文學相關的專家學者，講授兒童文學課程，最近的一次（八十七年十月九日於新竹縣峨眉國小舉辦），便邀請了臺東師院兒童文學研究所的林文寶所長，講授「讀書、知識與力量」及苗栗海寶國小的杜榮琛老師講授「童詩的教學」，老師們都覺得受益良多，希望往後多多辦理。

三、教育專書的出版：

　　在大自然之中長大的孩子，永遠不會忘記泥土和青草的芬芳。每當回憶起童年的時光，那綠水青山，生趣欣欣的自然景觀，只有留給我們無限的留戀和惦念。

　　想想現在，文明真的把我們的環境給弄髒弄亂了。新竹縣的主要河川，如頭前溪、鳳山溪等，係淡水魚的優良棲息場地，淡水魚類的種類很多。近年來由於河川水質污染，復因遭受不法居民電魚、毒魚、網魚等，部分魚種已瀕臨絕種邊緣。

　　有鑒於此，新竹縣教育局特撰編教育專書《愛護淡水魚》（民82年出版），將新竹縣河川中之淡水魚類種別，與復育魚類資源的懇切建言，以故事為體裁來介紹給兒童，是開新竹縣鄉土兒童文學之先河，令人耳目一新。

四、教材戲劇化教學研究研習：

　　由台灣省國民學校教師研習會・視聽教育館所主持的「教材戲劇化教學研究」，於民國七十四年五月間舉行。為使研究工作能切合國民小學教師實際的教學活動，特選調派國民小學國語、社會、

生活與倫理等三科，有教學經驗、有兒童文學寫作經驗的教師十六人，進行四週的研習。本縣人才濟濟，被選派的教師就有四位：東光國小田富雄主任、照門國小邱創城主任、玉山國小宋常薰主任，及中興國小韓夢齡老師。研習成果彙編成「教材戲劇化教學研究----腳本編寫示例一百篇」一書，其中的二十三篇便是本縣參加研習老師的心血，比率之高，實為本縣之光。

五、「竹風文學創作獎」的設立：

新竹縣是一個多元文化特色的地方，在推動縣政邁向科技大縣的同時，充實縣民的精神生活，提升創作或鑑賞藝術品的文化素養，落實文化工作，使文化的種子深耕於全縣，進而發展出地方文化特色，一直是努力的方向。

為推展台灣文學，獎勵優良文學創作，「竹風文學創作獎」的設立，負有重要的意義。特別藉由定期實質獎勵的舉措，提供勤耕耘的老將、新秀一方出版發表的園地，真正落實政府單位對地方文化發展的關心，表達對文學作家的尊崇與期許。去年新竹縣立文化中心舉辦的第二屆竹風文學創作獎徵文活動中（八十七年六月），增列了兒童文學研究或創作項目，相信新竹縣的兒童文學將綻開更多更美的花朵，也讓更多的兒童享受到香甜的文學果實。

此外，兒童讀經班的設立，也一樣很受歡迎。

六、兒童劇團的演出：

新竹縣立文化中心歷年來兒童劇團演出時間及劇目一覽表

時　　間	兒　童　劇　團	劇　　　目
85 年 6 月 8 日	山湖分校兒童歌劇表演	
86 年 1 月 19 日	澳洲大寶偶劇團	彼得與狼和爆笑娃莉
86 年 1 月 19 日	一元布偶劇團	酷狗波波
86 年 1 月 26 日	一元布偶劇團	三隻小豬
86 年 3 月 12 日	小袋鼠說故事劇團	蟾蜍博士的大發明
86 年 4 月 6 日	紙風車劇坊	鱷魚在唱歌
86 年 9 月 6 日	杯子劇團	神仙糖果屋
87 年 6 月 13 日	九歌兒童劇團	判官審石頭
87 年 8 月 27 日	日本飛行船劇團	孫悟空
87 年 8 月 29-30 日	紙風車兒童劇團	美國巫婆不在家
87 年 12 月 17 日	新竹師院幼兒劇	童顏無際

　　另外文化中心所主辦的新竹縣八十八年度「藝術歸鄉」系列活動，也有一連串兒童戲劇的演出：

時　　間	兒童劇團	劇　　目	演出地點
88 年 9 月 19 日	鞋子兒童劇團	小魔女的魔法書	新豐鄉公所中正堂
88 年 9 月 25 日	孩子王默劇團	神奇魔幻孩子王	新埔鎮新埔國中
88 年 10 月 3 日	鞋子兒童劇團	泡泡口香糖	湖口鄉湖口國中
88 年 11 月 7 日	鞋子兒童劇團	小木偶	五峰鄉桃山國小

七、兒童讀物寫作班研習：

陳梅生說：「兒童讀物寫作班是鑑於當年兒童文學寫作、繪畫的人才完全沒有，那怎麼辦？」

民國六十年五月四日文藝節，位於板橋的台灣省國民學校教師研習會第一百三十六期舉行「兒童讀寫作研究科」開訓典禮。就從這一天開始，我國的兒童文學寫作隊伍正式成立了，也象徵兒童文學的發展面臨著新的轉捩點。從兒童讀物寫作班的開辦，可以知道兒童文學的倡導，已經不是以前靠幾位熱心兒童讀物的作者及出版家的努力，而是由教育當局做有計畫、有目的的來培養作家了。

兒童讀物寫作班自研習會一三六期開始到三八〇期，共舉辦過十二個班次，本縣參加寫作班的老師及作品如下：

新竹縣歷年參加兒童讀物寫作班教師姓名及收錄於《兒童文學創作》作品一覽表

輯　　　　別	出　版　日　期	姓　　　名	作　品　名　稱
第一期學員作品集	60.53~60.5.29	姜義鎮	動物的尾巴
第一期學員作品集	60.53~60.5.29	徐紹林	小玲的新衣
《兒童文學創作》第一輯	66.06.30	馮菊枝	仙女夢
《兒童文學創作》第二輯	67.06.30	林任淳	索橋、蚯蚓

《兒童文學創作》第三輯	69.06.30	曾碧雲	一顆甜豆
《兒童文學創作》第四輯	69.08.30	葉細滿	小黑上學
《兒童文學創作》第四輯	69.08.30	邱創城	老榕樹下
《兒童文學創作》第六輯	71.02.20	吳和蘭 溫菊妹 呂紹澄	小蚯蚓 書 跑在林間
《兒童文學創作》第七輯	83.08	葉長發	越野大賽

八、新竹師院兒童文學課程：

　　本縣屬於新竹師範學院教學輔導區，師院語教系對於縣內各國小的國語文教育的指導，不遺餘力，尤其康榮吉及李麗霞等幾位與兒童文學相關的老師，常常利用課堂上或研習的場合，宣揚兒童文學的重要，無論對在職的國小老師或是即將到國小任教的師院生均有身教及言教之功，因此師院的兒童文學課程對本縣兒童文學的發展亦有重大的影響力。

伍、結語

　　文化，起源於生活，紮根於土地。地方上的文藝發展，猶如文化的泉源，反映出「斯土斯民」的思想與情感，一個文學作品、一

個文學作家是和那個時代、土地無法分開的。文學心靈、人民生活、土地情感、歷史記憶，數者之間的關聯與活動，一直是密不可分的，在好的文學作品裡，我們可以看到生命，找到土地，形塑出時代脈動、社會的縮影。

　　兒童，是國家未來的主人翁，兒童時期的發展十分重要，正常健康與否，常影響到往後漫長人生的人格與心理的發展，其影響不可謂不大。而兒童文學的閱讀與寫作目的，乃是在於啓發才能和培養優良的人格，對於兒童是有百益而無一害的。

　　所以推廣兒童文學教育、鼓勵兒童文學創作，是本縣政府責無旁貸的工作，近則昌明地方兒童文學教育，遠則導正人心，小則為地方兒童文學之蒼翠，大則為吾國文化之一脈。一路走來真是荊天棘地，有待騷人墨客不吝賜教，一點一滴，普願竹縣兒童文學教育細水長流。

新竹縣兒童文學大事記

發生日期	大　　事　　記　　要	備　　　註
1960.07	《花園童謠歌曲集》出版	周伯陽作詞
1961.09	《蝴蝶童謠歌曲集》出版	周伯陽作詞
1962.09	《月光童謠歌曲集》出版	周伯陽作詞
1964.03	《明星童謠歌曲集》出版	周伯陽作詞
1966.08	《少年兒童歌曲集》出版	周伯陽作詞
1971.05	參加兒童讀物寫作班第一期	姜義鎮、徐紹林

1973.02	《自然教室》出版	姜義鎮著
1973.09	《徐紹林童話》出版	徐紹林著
1977.06	參加兒童讀物寫作班第四期	馮菊枝
1978.06	參加兒童讀物寫作班第五期	林壬淳
1980.06	參加兒童讀物寫作班第七期	曾碧雲
1980.06	參加兒童讀物寫作班第九期	邱創城　葉細滿
1982.02	參加兒童讀物寫作班第十期	吳和蘭　溫菊妹 呂紹澄
1982.06	新竹縣兒童文學專輯 第一輯《小燈籠》出刊	新竹縣政府教育局 文復會新竹縣總支會
1983.05	新竹縣兒童文學專輯 第二輯《小風箏》出刊	新竹縣政府教育局 文復會新竹縣總支會
1984.05	新竹縣兒童文學專輯 第三輯《新芽》出刊	新竹縣政府教育局 文復會新竹縣總支會
1985.01	新竹縣兒童文學專輯 第四輯《小星星》出刊	新竹縣政府教育局 文復會新竹縣總支會
1985.05	選派四位老師參加 「教材戲劇化教學研究」研習	台灣省國教研習會 視聽教育館主辦
1985.12	《幼稚園兒童讀物精選》出版	華霞菱編著
1986.01	新竹縣兒童文學專輯 第五輯《小天使》出刊	新竹縣政府教育局 文復會新竹縣總支會
1986.12	《水牛和稻草》出版	徐素霞圖

1987.04	新竹縣兒童文學專輯 第六輯《小叮噹》出刊	新竹縣政府教育局 文復會新竹縣總支會
1988.04	新竹縣兒童文學專輯 第七輯《小蜜蜂》出刊	新竹縣政府教育局 文復會新竹縣總支會
1989.05	新竹縣兒童文學專輯 第八輯《小風車》出刊	新竹縣政府教育局 文復會新竹縣總支會
1990.01	新竹縣兒童文學專輯 第九輯《小貝殼》出刊	新竹縣政府教育局 文復會新竹縣總支會
1990.02	《小黑炭與比比》出版	呂紹澄著
1991.05	新竹縣兒童文學專輯 第十輯《小蝸牛》出刊	新竹縣政府教育局 文復會新竹縣總支會
1992.05	新竹縣兒童文學專輯 第十一輯《小園丁》出刊	新竹縣政府教育局 文復會新竹縣總支會
1993.05	新竹縣兒童文學專輯 第十二輯《小白鴿》出刊	新竹縣政府教育局 文復會新竹縣總支會
1993.06	《愛護淡水魚》出版	新竹縣教育局出版
1994.04	新竹縣兒童文學專輯 第十三輯《小鷺絲》出刊	新竹縣政府教育局 文復會新竹縣總支會
1994.06	參加兒童讀物寫作班第十四期	葉長發
1995.03	新竹縣兒童文學專輯 第十四輯《小彈珠》出刊	新竹縣政府教育局 文復會新竹縣總支會
1995.09	《天才不老媽》出版	陳素宜著

1996.05	新竹縣兒童文學專輯 第十五輯《小魚兒》出刊	新竹縣政府教育局 文復會新竹縣總支會
1997.05	新竹縣兒童文學專輯 第十六輯《小圓圓》出刊	新竹縣政府教育局 文復會新竹縣總
1998.01	《科學童話研究》出版	李麗霞著
1998.05	新竹縣兒童文學專輯 第十七輯《小花鹿》出刊	新竹縣政府教育局 文復會新竹縣總支會
1998.06	第二屆竹風文學創作獎 增列兒童文學創作獎項	新竹縣立文化中心

（本文原刊於中華民國兒童文學學會會訊，14 卷 5 期，1998 年 9 月）

山城兒童文學初探
----苗栗縣兒童文學的現況

杜　榮　琛

山城兒童文學初探
----苗栗縣兒童文學的現況

❖杜榮琛

　　苗栗縣位於臺灣本島中北部，人口約五十五萬多人（以民國八十年底統計），面積一八二０多平方公里，在全省二十一個縣市中，排行第十一位，行政上劃分爲十八個鄉鎮市。

　　山城苗栗縣，自從清朝道光至今，文風可說相當鼎盛，文藝人才輩出，邱逢甲、劉獻廷等人，都是知名的佼佼者。詩社的成立，有苗栗的栗社、竹南的南洲吟社、後龍的龍珠吟社、苑裡的蓬山吟社、竹南的鷺洲吟社等，其中以栗社最早創立於一九二七年，迄今已有七十多年歷史。

　　苗栗縣籍作家數十人中，有不少是兒童文學工作者，對推展兒童文學盡心盡力。他們是林含英（林海音）、詹益川（詹冰）、曾信雄（曾門）、林良雅（莫渝）、洪志明、黃瑞田、吳乾宏、劉丁財、連照雄（肇勳）、陳正治、杜榮琛、黃雙春（風美村）、陳桂芬、傅天養、江增雄、鄧均生、梁進幅、謝美桃、邱政仁、陳瑞林、鄭紹蒸、陳素珠、藍美惠等。他們在兒童詩、兒歌、童話故事、寓言、兒童劇、兒童散文、圖畫書各方面、不論創作、理論或翻譯，都有可觀的成果，值得我們肯定和喝采。

　　七十學年度的時候，省教育廳只是各縣市國民教育輔導團，加強中小學詩歌朗誦教學，以涵養德性，變化氣質，曾一系列辦了不少詩歌教學研習活動，並請林良、邱燮友、謝武彰等專家學者來演

講和座談。後來陸續舉辦了有關童詩、童話、兒童劇、寓言、散文、圖畫書、小說等兒童文學研習會，也請了許多國內知名的兒童文學家來授課，如曹俊彥、林煥彰、馮輝岳、陳木城、鄭明進、馬景賢等人，對促進縣內兒童文學的蓬勃發展，非常具有功效。

《苗栗兒童》在教育局經費支援之下，於民國七十五年七月三十一日誕生。謝金汀縣長在創刊號上說：「苗栗兒童是本縣出版的第一本兒童文學專輯。也是本縣一群愛好兒童文學的老師和小朋友們，共同耕耘的刊物，希望小朋友都會喜歡它、閱讀它，把它當作你的「好朋友」，更希望小朋友你也會拿起你的筆，用你的愛心寫作想說的話投給它，使它成為你我發表的園地，結成甜美的果實，讓本縣的全體小朋友共同分享！」這份創刊號是吳乾紅擔任總編輯，主編有徐瑞娥（童話）、藍美惠（童詩）、邱政仁（散文）。

《苗栗兒童》推出後，大受全縣各國小學生的歡迎，內容除了散文、童話、童詩外，也增加相聲的類別。學生和老師的作品，在同樣的刊物（舞臺）一起演出，頗有相互激勵的效果。其中發表的作品裡，都以兒童詩的質和量較佳，現在以二、三期的作品各舉一首以供欣賞，如下：

（一）彩虹　　　海寶國小　吳嘉惠

織女織了一條圍巾，

要送給牛郎，

卻不小心弄濕了，

於是，

織女就把圍巾曬在天空的大衣架上。

----《苗栗兒童》第二期（民 76.12）

（二）小水滴　　　新興國小老師　陳桂芬

小水滴，點點滴，

一二三四五六七，

小水滴，點點滴，

七六五四三二一，

滴滴水滴變小溪。

----《苗栗兒童》第三期（民 78.4）

　　於是，兒童文學逐漸紮根在各學校校園中，其中較受各界矚目的，是海寶國小的兒童詩教學。該校先後出版過《含羞草》（一九八〇年）、《海寶的秘密》（一九八一年）、《小龍兒》（一九八四年）、《大海的孩子》（一九九三年）等；其中《海寶的秘密》並譯成泰文，在泰國曼谷出版。《海寶的秘密》一書由詩人林煥彰先生協助出版，並於《中央日報》撰文〈訪問海寶談海寶的秘密〉；文學博士沈謙撰文〈許諾孩子以玫瑰園〉，刊於《中國時報》副刊，引起很大的迴響。《讀者文摘》中文版刊載採訪專文〈苗栗的小詩人〉，並選登十二首童詩，更引其各電視傳播媒體爭相採訪報導。

　　早年在海寶指導學生寫詩的洪志明老師，調到台中市後，依然指導學生出版了不少詩集，自己也創作了《歇歇吧！麻雀》、《月亮的孩子》、《快樂船》、《誰在跟我玩》、《快樂的小路》、《剪剪貼貼》、《小螞蟻爬山》、《花園裡有什麼》、《星星樹》、《彩色的鴨子》等作品集。

　　一直待在海寶國小的杜榮琛老師，也陸陸續續出版了《稻草人》、《拜訪童詩花園》、《絲瓜搬家》、《小雨滴的旅行》、《海峽兩岸現代兒歌研究》、《海峽兩岸兒童詩比較》、《海峽兩岸寓言詩研究》、《大陸新時期兒童文學》（與林煥彰合著）、《心靈的風景》、《稻草人的眼淚》等作品集。

　　離開海寶國小的劉丁財，也出版過《背書包的日子》等書，現在於大湳國小當校長，相信隔些日子較穩定後，又有新作品集推出吧？我們且期待著。

　　苗栗縣政府爲了推廣鄉土教育，培養孩子認識家鄉、熱愛家鄉，出版了《苗栗----我的家鄉》，做爲國民小學高年級兒童的課外讀物；該書於八十二年六月十日推出後，各學校列爲兒童文學中紀實文學的補充教材，受到相當程度的肯定和歡迎。當時的教育局長黃新發，在序中說：「以深入淺出的文字和精美的圖片，介紹家鄉的自然環境和人文現象，希望兒童們閱讀後，能更深入的認識自己的家鄉，長大後，爲家鄉的建設和發展，奉獻出自己的一份心力。」其用心良苦所推展的鄉土文學，令人耳目一新。

　　在苗栗縣籍的兒童文學工作者中，有許多作家出版的作品集，是頗受兒童文學界注目的。現在，介紹較具代表性的幾位，供大家參考：

　　林含英（林海音）：《金橋》、《蔡家老屋》、《不怕冷的企鵝》、《孟珠的旅程》、《請到我的家鄉來》、《林海音童話集》、《奶奶的傻瓜相機》等。

　　詹益川（詹冰）：《日月潭的故事》、《遊戲》、《牛郎織女》、《太陽、蝴蝶、花》等。

　　陳正治：《童話城》、《小猴子找快樂》、《小小童話選》、《兒歌ㄅㄆㄇㄈ》、《世界名著音樂故事》、《土地公》、《童話寫作研究》、《童話理論與作品賞析》、《中國兒歌研究》、《兒童詩寫作研究》等。

　　曾信雄（曾門）：《兒童文學創作選評》、《兒童文學散論》、《春華秋實》等。

　　黃雙春（風美村）：《布穀歡唱》、《和詩牽著手》、《更真更善更美》等。

　　林良雅（莫渝）：《鞋子的家----兒童詩歌筆記》、《夢中的花朵----法國兒童詩選》。（另有《法國兒童文學概說》、《神奇的窗戶----大陸名家兒童詩歌欣賞》待出版。）

　　山城兒童文學的發展，雖然比起宜蘭、桃園、台中、屏東等縣市，起步稍嫌晚了些；可是，在多位兒童文學工作者的努力耕耘下，終在兒童文學的花園，添增了不少花香。相信假以時日，苗栗未來兒童文學那「花團錦簇」的美景！必是指日可待的。

（本文原刊於中華民國兒童文學學會會訊，14 卷 2 期，1998 年 3 月）

台中市兒童文學發展概況

洪 志 明

台中市兒童文學發展概況

❖洪志明

壹、前言

台中市素有文化城的美譽，早期人文薈萃，培育了不少文化藝術界的人才。不過，由於大環境遷移，藝文活動大量向北遷移，集中於大台北地區兒童文學的活動自然也不例外於大環境。

作家的養成或藝文活動的推展，是需要有養分支撐的。相較於台北市，明顯的，近年來台中市資源貧乏了許多。沒什麼出版社、報社數目和台北也相去太遠，就連藝文活動、新的資訊，也常常慢了半拍。因而，作家的存活，藝文活動的舉辦，相對於大台北地區就困難多了。不過，貧瘠土地上開出來的花朵，不但顯得難能可貴，也特別鮮豔動人。

在政府團體如：教育局、文化中心、彰化社教館、教育廳、以及其他民間團體和人士的推動下，台中市的兒童文學發展也沒有自外於整個兒童文學發展的大環境。相較於首善之區，它緊抓著生活的泥土，更顯現出獨特的韌性和草根性。

貳、發展概況

一、台中師院

作為一個培養教師的教育單位，推動兒童文學的教育工作，責無旁貸的工作。早在民國五十年左右，還是師範學校的時代，就在

朱匯森校長的堅持下，開設兒童文學的課程，推展兒童文學的教育工作，一直到現在都沒有鬆懈其兒童文學的教育工作。任教的老師有劉錫蘭、鄭蕤、劉瑩等。

該校劉錫蘭老師早在民國五十二年，就撰寫兒童文學理論專書《兒童文學研究》，開啓了台灣地區兒童文學理論著作的先河。

該校鄭蕤老師也早在民國五十八年七月撰寫過《談兒童文學》一書，另外尚出版了《師院兒童文學課程之欣賞教學研究》等專書。對兒童文學的教育和理論工作，投入不小的心力。

另外，在民國七十七年五月二十七日該校也以「童詩」爲主題，舉辦了「台灣區省市立師範學院七十六學年度兒童文學學術研討會」，會中邀請張淸榮、李麗霞、蔡尙志、徐守濤等發表論文。對當時兒童文學的理論研究工作，頗有助益。

二、台中市文化中心文英館

文英館是台中市文化中心的前身，後來設立文化中心以後，它變成了文化中心的一個單位。陳千武先生一開始便主持該館的業務，陳先生一向對推展兒童文學工作不遺餘力，在他任職文英館館長期間，從一九七六年起，至一九八七年退休爲止，年年舉辦兒童詩畫創作比賽，並且分別於民國六十八年、七十一年、七十四年、七十六年出版了四冊《小學生詩集》。也和台灣省文復會合作，多次爲學校教師及社會人士舉辦兒童文學研習，並出版了兩冊《文藝沙龍》。不管是推展兒童寫詩或兒童詩教育都頗有貢獻。

陳千武於一九八三年擔任台灣日報週日兒童天地版主編，也連續爲台中市兒童天地月刊編選童詩，並撰寫評介十八年之久，對中部地區兒童文學的擴散與發展，有實質的影響。

　　陳千武本身還於民國七十八年十二月十七日，結合中部兒童文學人士、部分笠詩刊同仁、以及小學老師，成立「台灣省兒童文學協會」。在擔任台灣省兒童文學協會理事長期間，每年都舉辦兒童文學研習，為培養兒童文學的創作人才及教育基層人員而努力。

　　陳千武本身在文化交流的貢獻上也不同凡響，他不但譯介世界兒童文學名著《星星王子》、《杜立德先生到非洲》，同時也在滿天星兒童文學季刊上，大量譯介日本兒童詩及少年詩。並和日本保版登志子共同翻譯出版中日文對照版，童詩集《海流》等三冊，這三冊詩集，在台灣、日本兩地同時發行，展現跨國合作的新模式。

　　陳千武先生本身的理論和創作也頗豐，著有《擦拭的旅行》、《童詩的樂趣》等兒童文學創作和理論之著作。

三、台中市文化中心

　　台中市文化中心推展的兒童文學工作，在陳千武從文英館退職以後，暫時沈寂了一段時間。自從林輝堂先生任該中心主任以後，又重新推展起來，民國八十六年四月起重新舉辦「兒童詩畫創作比賽」，並於民國八十七年四月出版《兒童詩畫創作比賽專輯》，恢復為兒童文學努力的工作。

　　在民國七十九三月十四日起，也曾利用每星期三晚上假該中心和台灣省兒童文學協會共同舉辦為期十二週的兒童詩研習。於民國八十七年寒假期間，亦曾為兒童舉辦過一週的兒童文學研習。

　　另外，在該中心為市籍作家出版的作品集裡，也出現了一部分兒童文學的作品。像魏桂洲的《大樹萬歲》、洪志明的《兒童文學評論集》都是。作為一個文化單位，文化中心頗能善盡其社教功能。

四、台中市教育局

　　作為一個教育行政單位，台中市教育局對於兒童文學的努力，確實下了不少苦心，每年例行性舉辦的兒童文學研習，造就了不少指導兒童文學的專業教師。

　　在舉辦兒童文學研習的同時，也舉辦了學員的創作比賽，激發學員創作的慾望，培養學員寫作的能力。另外，還舉辦全市性教師的兒童文學創作比賽，由魏桂洲主任、洪志明老師共同主編，分別於民國八十三年、八十四年、八十六年、八十七年結集出版了《眨眼的星星》、《會變色的眼睛》、《美麗的肥料》、《哈氣兒神杖》等四本創作專輯。內容包括兒歌、童詩、童話、寓言、小說、故事等作品，收錄了蔡麗珠、魏美香、楊秀琴、朱純慧、洪英惠等數十位老師的作品。

　　除了鼓勵老師創作以外，台中市教育局對學生兒童文學創作能力的培養，也不遺餘力。從民國七十四年起創辦「兒童創作專輯」，每年分為高年級、中年級各出版一冊，內容有童詩、兒歌、散文創作。民國八十年起徵文項目改為童詩、散文、故事體，一直至今。

　　另外，在民國八十七年時，亦曾舉辦過一次大墩校園文藝創作獎，徵文的對象包括小學、中學、教師，項目包含小說、散文、童詩、水墨、書法等各個藝文項目。

　　以一個體制內的單位而言，台中市教育局已經將其效能充分發揮，成就非凡。

五、兒童天地月刊社

　　隸屬於台中市教育局的台中市《兒童天地月刊》是一個很特殊

的雜誌社，它的歷史非常悠久，在兒童文學還沒有引起社會大眾注意時，它已經存在了。幾十年來，它堅持兒童文學專業的功能，不但提供台中市兒童一個發表作品的園地，也提供台中市教師一個創作的園地。

除了偶爾有一些學校動態的介紹（如新任校長的介紹）以外，它的編輯焦點，全在與兒童文學有關的事物上。歷任的主編黃如荃、曾清和、許玲玲對兒童文學都有相當的專業水準，頗能達成兒童文學的使命。

舉凡兒童作品、童話、故事、散文、童詩、兒歌、漫畫都在該刊物發表的行列。其中最大的特色是有一個專門指導童詩的專欄。該專欄一開始由陳千武先生主編及撰寫賞析，陳千武先生一共撰寫了十八年，民國八十三年起則改由洪志明先生繼續編選，並撰寫賞析中。透過這樣的指導，對提升台中市兒童創作童詩的能力，頗有幫助。

六、滿天星兒童文學季刊

《滿天星兒童文學季刊》是一個私人性質的刊物，民國七十六年九月一日，由洪中周先生結合中部一些對兒童文學創作有興趣的文友創辦的，創辦開始大部分的經費都是由洪中周個人籌付。在兒童詩狂潮過後，又繼續高舉兒童詩的大旗，使兒童詩能繼續嘉惠學童，其心胸或氣魄倒也不小。

該詩刊一開始只登詩作及探索童詩的理論性作品，取名為《滿天星兒童詩刊》為季刊性質，從十一期起，為了配合台灣省兒童文學協會的成立，改變編輯方向，由「兒童詩刊」改為綜合性的「兒童文學刊物」，開始刊載其他性質的兒童文學作品，並由季刊改為

雙月刊。十五期開始改變同仁性質，改由台灣省兒童文學協會發行至今。

七、彰化社教館

雖然彰化社教館遠在彰化市區，不過台中市還是屬於它輔導的地區，因而該館也在台中市舉辦過類似性質的兒童文學活動，民國七十九年該館結合台灣省兒童文學協會，在台中市布穀鳥語文中心一連舉辦十二週的兒童文學研習，總共分成人、低、中、高年級，總共開了四個班次。

另外也在民國七十七年、七十八年、七十九年分別委託台中市文化中心文英館、滿天星雜誌社、台灣省兒童文學協會舉辦「中部五縣市童詩寫作比賽」，得獎作品由陳千武、洪中周、洪志明撰寫賞析，結集出版成《兒童都是一首詩》一書，提供中部學校參考。

八、台灣省兒童文學協會

挾笠詩刊的人脈，以及滿天星的成員，陳千武和洪中周結合了現代詩、兒童文學、和部分的小學老師，於民國七十八年十二月十七日，創辦了台灣省兒童文學協會，其主要人脈來自台中縣市，活動大部分集中在台中市辦理。這個協會推動了一系列的研習活動，也出版了不少書籍，把整個兒童文學的力量重新結合起來。

自從成立以來，該學會每年分別於寒假或暑假舉辦一次兒童文學研習營，有時候在日月潭青年活動中心舉行，有時候假靜宜大學舉行，不曾間斷。

除了定期的研習活動以外，該協會於民國八十年舉辦過「台灣省縣市長兒童文學獎」、「亞哥花園兒童文學四季創作獎」等各項兒

童文學創作比賽。

　　該協會於民國七十九年五月出版《兒童寫給母親的詩》、民國八十年八月出版《我心目中的爸爸》、民國八十年十一月二十日出版《台灣兒童詩選集》，現在仍在計畫出版當中。

　　該會歷任的理事長包括陳千武先生、趙天儀先生，現任理事長為岩上先生。趙天儀先生為台中人，目前擔任靜宜大學文學院院長，歷任台大哲學系教授，兼哲學系所主任、國立編譯館編撰，並主編《笠詩刊》、《台灣文藝》、《台灣春秋》等刊物。著有兒童文學著作：《兒童文學與美感教育》、《兒童詩初探》、《變色鳥》、《小麻雀的遊戲》等。

九、兒童文學創作群以及童詩指導教師群

　　由於台中市文化中心文英館長期的推動，台中市教育局以及各個小學的重視，再加上台中市兒童天地月刊長期的經營，提供台中市學童很大的發表空間，在小學兒童創作文學作品方面，也培養出很多傑出的人才。

　　任職於師院附小的的蔡榮勇老師、任職於南屯國小的吳恭嘉老師、任職於台中國小的蘇武多老師、任職於四維國小的魏美香主任、魏桂洲主任、洪志明老師，任職於仁愛國小後來轉任文心國小的楊秀琴老師、曾任職於師院的吳麗櫻老師，以及已經退休的廖貴美老師、洪中周老師都有很好的成就。

　　洪中周老師是一個鄉土小說的作家，也是一個童詩理論研究專家，並曾指導小朋友寫詩，創辦滿天星兒童詩刊，以及創辦布穀鳥語文中心，並曾負責主編明倫版國小國語課本。他曾編著《兒童詩欣賞與創作》、《兒童的文學創作教育》、《皇帝的艦隊》等書籍十餘

冊。

　　蔡榮勇老師曾在田尾國小服務，現在任職於台中師院附小，著有現代詩集《生命的美學》、《洗衣婦》，以及《中年級作文指導》、《兒歌創作集》等作品，並曾參與明倫版國小國語課本的編著工作。

　　洪志明曾任職苗栗縣海寶國小、台中市新興國小、文昌國小、光正國小、四維國小，編著指導出版《海寶的秘密》、《含羞草》《風真頑皮》、《星星的淚珠》、《詩與生命的對話》、《一分鐘寓言》、《快樂的小路》等學生的童詩集、現代詩集、寓言集、圖畫書、兒歌等作品，以及康軒版國語課本等四十餘冊。

　　魏桂洲主任著有兒童文學作品《大樹萬歲》，並經常籌畫台中市兒童文學研習工作，並曾和洪志明合作主編台中市教師兒童文學創作專輯，也認真從事兒童文學的創作和指導工作，並參與明倫版國小國語課本的編撰工作。

　　另外，任職於重慶國小的李坤宗老師，除了指導學生創作以外，本身的著作也不少，他著有《老師的童年》以及六本作文指導，並參與明倫版國小國語課本的編撰工作。

　　另外現代詩人詹冰也跨領域創作兒童詩，並有很傑出的表現，他所創作的〈水田〉、〈山路上的螞蟻〉、〈遊戲〉一直傳為兒童文學圈的美談。他除了著有現代詩集以外，還著有兒童詩集《太陽‧蝴蝶‧花》、《銀髮與童心》，目前正努力於創作科幻作品。以一位已經接近八十歲的前輩，仍這樣努力，實在值得我們欽佩。

參、結語

　　能改變人類心靈的，不是進步的科學技術，也不是越來越豐富

的物質生活，當然也不是五光十色的娛樂用品。唯有透過思維的改革，人類的心靈才會產生變化，更進一步達到和諧的地步。

就這數十年來台灣社會的觀察，我們發現科學是進步了，物質是豐富了，消遣生活的娛樂也層出不窮了，不過就改革人心，讓人們心靈平靜，思想價值提高的東西卻一天比一天泯沒了。

在印刷媒體逐日被視聽媒體，電腦螢幕驅除之際，我們不敢寄望文學可以為人類帶來救贖，當然也不敢奢望兒童文學能為兒童帶來多麼美好的未來。不過，做為人類的一份子，我們知道兒童文學必定能為兒童空虛的心靈注入某一些實在的東西，讓他們偶爾在視聽媒體的世界中轉頭，還有一些安定他們心理成分的東西存在，讓他們有所依憑，不會無所適從。

身為台灣兒童文學大環境中的一個環節，台中離文化中心雖然有一些距離，不過時空的隔離，有時候反而能造就其獨特的個性，讓兒童文學的花園裡，多一些奇花異卉。由於距離出版社、報社等經濟中心的遙遠，使得在台中市努力工作的兒童文學工作者，雖然孤單，卻更顯得質樸，有所作為而無所要求，不得不令人生敬畏之心。

南投兒童文學史初稿

郁 化 清

南投兒童文學史初稿

❖ 郁化清

壹、前言

南投是台灣省唯一不靠海的縣份。由於境內多為山地，以農業為主，工商業不發達，人口外流。很多兒童文學作家，也到都市求發展，留在縣內的很少，對兒童文學的發展，不能說沒有影響。好在教育局黃宗輝局長，一向對推展兒童文學教育很重視。除了舉辦兒童文學教師研習會，並且每年出版一冊兒童文學選集，讓兒童文學在校園中生根，奠定了良好的基礎。如能繼續推展下去，將來一定會開花結果的。南投是個好地方，風景美、名勝多，也是兒童文學創作取材的寶山。非常歡迎兒童文學作家，到南投來尋寶。

貳、發展概況

南投兒童文學發展較晚，出現最早的兒童文學著作，是鄭仰貴校長的「燕子的金笛」（58.6）。其次是郁化清老師的「想生蛋的小雞」（64.5）。當時從事兒童文學的作者，都自稱是「寂寞的一行」。願意從事兒童文學創作的人，可說是少之又少。像一些專為成人寫作的作家：岩上、寧可、柴扉、李敦、王灝、李崇科、余伯牙、胡坤仲、胡溫娟、袁永林等，偶爾也寫兒童文學。雖說他們尚未出版兒童文學專著，但對南投兒童文學的發展，都付出了心血，做出了貢獻。

　　推展兒童文學，讓兒童有個發表的園地，必然可以鼓勵兒童努力創作。就像農民不能沒有耕地，學校裡的校刊，無疑是培養兒童文學幼苗的園地。南投縣在教育局的推動下，已有很多的學校，有了定期的校刊。這對兒童文學的發展，是很有幫助的。茲將各校出版校刊期數列名於下：

校　　名	期　　數	校　　名	期　　數
永興國小	11	竹山國小	71
文昌國小	14	平靜國小	24
中山國小	18	僑光國小	21
和平國小	14	愛蘭國小	8
五城國小	3	豐丘國小	1
頭社國小	2	雲林國小	72
名崗國小	2	社寮國小	9
廣英國小	14	草屯國小	33
成城國小	29	乾峰國小	6
埔里國小	16	育英國小	1
新城國小	1	漳興國小	5
車埕國小	6	長福國小	7
大城國小	8	僑建國小	6
永昌國小	13	桐林國小	14
敦和國小	15	埔里國中	36
文田國小	11	北梅國中	2
西嶺國小	5	中興國中	25
僑興國小	15	民和國中	1
郡坑國小	23	明潭國中	7
長流國小	2	草屯國中	10
過溪國小	10	南投國中	47
土城國小	8	鹿谷國中	36
同富國小	2	水里國中	2
廬山國小	2	旭光國中	9

　　由於縣立文化中心的成立，對兒童文學的發展，有了積極性的功能。茲將文化中心成立後，辦理各項有關兒童文學活動，列舉於下：

一、兒童文學選集

　　每年出版一冊兒童文學師生選集。自 75 年起，至 88 年共出版了 14 冊，記錄了南投縣兒童文學發展概況。

二、每月徵文

1.我最喜歡的童話書　83.3

2.我最崇拜的偉人　83.4

3.我的媽媽　83.5

4.假如我是……　83.6

5.一個難忘的回憶　83.7

6.愛護地球大家一起來　83.8

7.我的老師　83.9

8.我的煩惱　83.10

9.光輝的十月　83.11

10.感恩的心　83.12

11.我的寶貝　84.1

12.如果我有一個阿拉丁神燈　84.2

13.可怕的夢　84.3

14.微笑　84.4

15.我最喜歡的電視節目　84.5

16.端午節　84.6

三、紙上說故事

四、兒童劇展

5.魔奇兒童劇團演出　81.1.9

6.鞋子兒童劇團演出　81.6.19

7.九歌兒童劇團演出　81.8.22

8.九歌兒童劇團演出　81.12.26

9.九歌兒童劇團演出　82.1.18

10.鞋子兒童劇團演出　82.11.29

11.鞋子兒童劇團演出：大頭目說事　84.6.11

12.九歌演出：木偶與金鑰匙　84.8.27

13.蜚聲爾兒童劇：合歡山上的白狐　85.6.6

14.蜚聲爾兒童劇：蓮花池裡的精靈　86.3.4

15.推展兒童戲劇演出，計有：(1)埔里兒童布袋戲劇節

　　　　　　　　　　　　　　(2)草屯藝術國寶社偶戲公演

　　　　　　　　　　　　　　(3)英國沙士比亞戲劇節在埔里

　　　　　　　　　　　　　　(4)人偶布偶串連演出兒童劇

五、兒童戲劇欣賞營

1.戲說從頭在中寮鄉　87.6

2.戲說從頭在草屯鎮　88.2

參、人物篇

　　南投縣內，專門從事兒童文學創作的人很少，很多縣籍有成就的兒童文學作家，因為工作的關係，都到外縣市去了。現在留在縣內從事兒童文學創作，並且有著作出版的只有三人：

一、鄭仰貴

1.燕子的金笛　青文出版社　58.6

肆、結語

　　南投是個農業縣，人口一直外流，當然人才也會外流。這是個很現實的問題，所謂：「人往高處走，水向低處流。」不能說他們不愛自己的故鄉。為了個人的理想，就像「天地一沙鷗」，飛得更

高更遠……對個人，對社會，都是好事兒。應該向他們祝福！

　　從事兒童文學創作，既不能養家，更難活口，唯一的好處，可以滿足自己的夢想。因此，從事兒童文學的作者，都是業餘的。專職兒童文學作家，恐怕像「稀有動物」，須要保護才能生存。可惜我們的社會並不重視他們，包括文藝界的朋友，總認為他們是「小兒科」，可有可無。尤其近年來，各種報刊，紛紛停掉兒童版，認為是「賠錢貨」。當然，在商言商，賺錢第一。什麼「兒童是未來的主人翁」？那只是給兒童的一塊糖球，騙騙小孩不哭罷了，千萬不能當真。像政府辦的中央日報，在大陸就有很大篇幅的「兒童周刊」。到了台灣也是有整版的「兒童周刊」，可是，在主編陳約文女士退休後，「兒童周刊」也消失了。可見政府並不重視兒童，因為他們沒有選票。

　　由於縣內從事兒童文學創作的人太少，當然發出的聲音也只能像蚊子叫，引不起別人的注意。今後必須自立自強，好能發出獅子吼！必然能引起大家的注意。不過將來能否能發出獅子吼，還要靠自己努力，必須要用「作品」來宣布：「我是獅子！不是蚊子。」幸好最近有一些愛好兒童文學的老師，「回流」到縣內來。像蔡藻藻老師，張淑玲老師、蘇英喬老師、吳秀玲老師、林秋月老師等，他（她）們都很年輕，加入兒童文學創作的行列，必然會對南投縣兒童文學發展，創造輝煌的成果。希望不久的將來，南投縣的兒童文學，真的出現「獅子吼」。

附記

　　撰史必須先有史料，不能憑空杜撰。南投縣兒童文學史，原本

一片空白，這次爲了撰寫兒童文學史，很難找到史料，又加上時間
儉促，實在不允許到各地去尋覓史料。幸好有教育局黃局長熱心幫
助，以最速件公文，要各學校限期送件，提供史料。及社教課簡課
長、吳小姐辛苦收件、整理。還有文化中心屠祕書、李小姐、王小
姐、吳小姐及縣史館的陳小姐，都在百忙中協助尋找史料。非常感
謝！否則恐怕要交白卷。所謂：「巧婦難爲無米之炊。」何況作者
只是拙夫。再次的表示感謝！謝謝！

兒童文學在雲林

許　細　妹

兒童文學在雲林

❖ 許細妹

壹、前言

　　雲林？雲林在哪兒？也許還有很多人對它十分陌生。說起來慚愧，個人也是調職到此之後才知道：哦，原來寶島台灣這塊美麗的土地上，竟然有這麼一個風光明媚、氣候宜人的好地方----雲林。

　　以前只有縱貫公路的時代，大家都曉得從台中、彰化到嘉義，必須穿過東亞第一大鐵橋----西螺大橋；中山高速公路通車了，南來北往，奔馳在國道，必須通過跨越在濁水溪上的中沙大橋；這西螺大橋與中沙大橋，都屬於雲林縣。最近幾年，「麥寮六輕」、「六輕工業區」等名詞，幾乎男女老幼皆知，它們就在雲林。「斗六天元莊」、「斗六劍湖山」廣告打得滿天飛，打響了休閒娛樂最佳去處；告訴您：「斗六」，就是雲林縣政府所在地。

　　雲林是個道地的農業縣，西螺米、濁水米 Q 又香，西螺蔬菜專業區供應大台北每日所需的蔬菜；斗六文旦、莿桐楊桃、古坑筍乾、二崙香瓜聞名全省，還有「北港媽祖」香火鼎盛，是國家二級古蹟。這兒民風淳樸，卻也孕育出不少政教界名流，如黃昆輝先生、林清江先生等等；而《汪洋中的一條船》作者鄭豐喜先生，他苦難的童年，就是在雲林的濱海鄉鎮台西度過。

　　談到兒童文學在雲林，雲林的兒童文學發展，雖然不似台北、宜蘭、屏東、高雄那般燦爛，甚至曾被形容為「文化沙漠」，但是有不少國小老師二十多年來，一如本地民風般，默默耕耘著，而且

從未懈怠。

貳、發展概況

　　雲林地區的兒童文學發展甚晚，自一九八六年開始迄今，其中較為重要者為：

　　一、雲林縣教育單位對兒童文學的推展，注入了一些心力：

　　一九八七年及一九八八年，曾辦理全縣教師兒童文學研習營，為期各一週，每梯次約一五○位教師參加，啟發並加深教師們對兒童文學的理念與體驗，啟發教師們推展兒童文學的動力。這兩梯次的研習由教育局主辦，筆者承辦並安排課程。曾邀請兒童文學大師林良先生專程由台北到雲林授課。

　　一九八八年的兒童文學研習營，本來課程已安排妥當，授課講師也已敲定，但主辦單位長官鑑於經費短絀，臨時決定講師不外聘，只能請縣內老師；一時之間，人仰馬翻，實在對不起原聘的講師，此為憾事一件。

　　此外，自一九八九年起，一直到現在，雲林縣政府教育局利用假期，舉辦各項研習活動，如下：

　　一九八九年的寒假國語文研習營，對象包括全縣教師及學生，內容涵蓋散文創作、童詩創作及賞析、兒童劇等。

　　一九九一年辦理暑假國語文才藝營，對象包括教師、高、國中、國小學生、社會成人，內容涵蓋語文賞析、說話的藝術、寫作指導、奇妙的中國字等等。

　　一九九五以後，每年辦理國小學生假期文藝研習營，課程涵蓋寫作指導、演說、朗讀指導、創作天地、趣味競賽等。

二、定期發行兒童讀物：

《雲林綠芽》是屬於雲林全縣國中小學師生共同耕耘、共同擁有、共同分享的刊物。自一九八六年創刊至今，每逢三、五、十、十二月出刊，十餘年來未曾中斷過，現已出刊四十七期。

它由雲林縣政府出版，獲陳添濤文教基金會經費補助，集合縣內兩組對兒童文學有相當認知又富愛心耐心的校長、主任，分組輪流編輯；內容包羅萬象，有兒童文學創作(童話、童詩、散文、故事、兒童劇腳本)、美術、書法、詩畫創作、語文指導、作品賞析、校園剪影、學校風光等等，十分豐富，而且印刷精美、圖文並茂，可看性極高，是全縣師生和家長心目中一本極為珍貴的好書。

我們採公開徵稿，每期各類稿件如雪片般飛來，編輯老師們慎重的、辛苦的閱稿、選稿、修飾、校對而樂在其中，感覺能為兒童們付出一份心力，再辛苦也值得。每次編輯《雲林綠芽》，就像期待一個健壯、快樂的寶寶誕生一樣。這群編輯的芳名是：鄧素美、蔡丁耀、張瑞娥、曾素花、李榮宗、林雪貞、許細妹、張政一、林淑英、劉碧蘭、蔡國亮、羅瑞蓉、呂松林、林秋桐、郭景智、林瑞臻等。

三、鼓勵各校出版校刊：

為提倡校園書香，提升兒童閱讀、寫作能力，雲林縣許多中小學，也都定期出版校刊，有的以報紙型出現，如《泉州兒童》、《台西兒童》、《育仁特刊》、《廉使兒童》、《尚德書香》等；有的以書刊型態出現，如：《中山兒童》、《僑真校刊》、《保長校刊》、《斗中校刊》、《勵志》(土庫國中校刊)等等，琳琅滿目，美不勝收。

縣政府教育局為鼓勵校刊的持續出版，訂定了校刊競賽辦法，每年評比一次，從優獎勵，以期帶動更多的學校師生共同經營文學刊物，造福兒童。

四、編輯出版鄉土文學

為了讓兒童瞭解自己出生成長的地方，激發其認同、熱愛鄉土的情操，雲林縣政府有計畫的編輯出版三種類的鄉土教材，編輯小組以兒童文學的方式撰寫，加上注音符號，圖文並茂，是具有水準的補充教材。

第一類是「可愛的家鄉----雲林」，一九八〇年出版，八三年修訂再版。內含雲林的名勝、文教、鄉賢、物產特產、展望等。由蔡金珍校長擔任召集人，編輯小組成員有：許細妹、王月嬌、張瑞娥、丁招弟、廖燈寅、紀雅博、顏錦惠、李榮宗、許澤修、黃定國等。

第二類是「雲林縣鄉土教材叢書」，計畫出版五集：1.名勝與古蹟 2.環境與資源 3.民俗與宗教 4.語言與童謠 5.地圖導覽。編輯成員同上；目前已出版至第三集，分送全縣各國小，供師生當社會科或鄉土教學活動補充教材。

第三類是「雲林縣鄉土教學活動」學生手冊，各以適合於國小三、四、五、六年級程度的文筆，編撰成書，每年級分上、下兩冊，共八冊；內含鄉土歷史、鄉土地理、鄉土自然、鄉土語言、鄉土藝術五大類；這是一件浩大工程，分年編輯，現已全部撰寫定稿，五年級上下冊及四年級上冊已出版，其他則逐年編列預算印製出版，提供給每位兒童當學習手冊。由許細妹校長當召集人，編輯成員有：張瑞娥、賴秀絹、劉碧蘭、吳潔琳、王月嬌、陳淑綢、林淑英、曾麗鳳、紀雅博、顏錦惠、廖燈寅、許澤修、李福祖、李榮宗、丁柏

源、鐘淑芬等。

參、人物篇

　　據個人所知，目前居住在雲林縣境，本身從事兒童文學創作的，屈指可數；但熱心從事指導兒童寫作的，則為數不少；這群園丁，在雲林這塊荒漠中，不計成本的默默經營著，要把荒漠化為綠洲。

　　一、從事創作而能維持較長時間的雲林縣兒童文學工作者：

　　1.黃清波老師，是國立編譯館出版之國小五年級國語課本中〈小河愛唱歌〉的原作者；他的童詩清新自然，韻味十足；平常時間則熱衷於指導兒童寫作，成績斐然；他是縣內兒童刊物《雲林綠芽》的編輯之一，現已從教職退休，專心指導工作。

　　2.黃麗喻老師，嫡傳自父親黃清波老師，專攻童話創作，在台灣省兒童文學創作競賽中，屢獲佳績。

　　3.廖燈寅校長，曾寫過一陣子童話；尤其對鄉土語言、小故事、俚語、民謠、童謠方面，有深刻的認識。

　　4.廖木坤老師，一直執著於童詩創作，作品散見於各報章雜誌，也得過童詩創作獎。

　　5.郭碧秋老師，是板橋研習會出版《一千個兒童故事》(錄音帶)腳本的作者之一，對造型藝術特別在行。

　　6.許細妹為《雲林綠芽》的副總編輯，是中華民國兒童文學學會的發起人之一，參與了雲林縣各類有關藝文方面的活動有：

　　　(1)自一九七八年開始，參加了位於板橋的台灣省教師研習會承辦之「兒童文學寫作班」，即一頭栽進兒童文學的領域而不可自拔。連續十年，和全省幾位志同道合的老師們，在研習會視聽教育

館陳杭生館長的號召下，完成一千個兒童故事錄音腳本。

(2)課餘之暇，則寫些童話、生活小故事登於國語日報兒童版，及蔡尚志教授主編的南部某報兒童版；作品集結成《小胖學乖》出版。

(3)召集並編輯雲林縣鄉土教材叢書、鄉土教學活動學生手冊教師手冊，編輯兒童讀物《雲林綠芽》四十餘期。

(4)受縣政府之命，承辦雲林縣兒童文學研習營二次；參與寒暑假兒童藝文活動指導；曾受邀至台南、嘉義、台中、苗栗、成功大學做童話、少年小說創作經驗報告，並數度為台南縣政府評審兒童文學創作競賽作品。

(5)一九七九年至一九八九年間，曾榮獲洪建全兒童文學創作少年小說獎、童話獎，獲教育部兒童文學創作散文獎第二名、第三名，童話獎第三名。

(6)以「童話創作與指導」論文，參加嘉義師範學院所主辦之台灣區兒童文學學術論文發表會。

二、指導兒童從事兒童文學創作耕耘不懈的老師

他們是張瑞娥、劉碧蘭、蔡國亮、陳秀娥、蔡丁耀、曾素花、顏昭武、林啟明、董崇伯、劉玉豐、黃自備、鄭勝夫、李昆妙等等，散布在全縣二十鄉鎮，是一群功不可沒卻默默耕耘，散播愛，散播兒童文學種籽的好老師。

肆、結語

默默耕耘雖然是一件好事，但雲林離台北是遠了點兒，許多有關兒童文學的活動，只能看看聽聽，想參加卻又心有餘而力不足，

我們像是一只風箏，與學會牽連著。若非《雲林綠芽》定期徵稿、出刊，雲林縣的兒童文學活動可能靜止。

　　雲林真的需要多方的關懷與鼓勵，本地的創作者和指導老師亦應彼此聯誼、互通資訊、相互打氣，讓兒童文學昂揚活躍起來，別讓風箏斷了線。

（本文原刊於中華民國兒童文學學會會訊，14 卷 5 期，1998 年 9 月）

台南縣兒童文學發展小史
----南瀛有夢

陳　玉　珠

台南縣兒童文學發展小史
----南瀛有夢

❖陳玉珠

壹、前言

　　整體而言，台南縣是一個「農業」大縣。雖然「以農立縣」，然而文風鼎盛，數百年來，蘊育出無數傑出的人才，名冠全台，尤其是生活環境指數偏低的鹽分地帶，更激勵出崢嶸頭角的文才，毫不遜於都會地區。

　　在兒童文學方面，三十年間，有零星的研究者、創作者，但若與整個大環境相比，可謂相當沉寂。近十年來，由於縣府、文化中心及民間出版業者的提倡和推動，頗有起色，成長的腳步有點緩慢，不過，一步一腳印，總也留下一串可辨的痕跡。

貳、發展概況

　　1985 年底李雅樵擔任縣長，由於他出身教育界，對文學教育特別重視，接任的縣長陳唐山更是書生本色，對兒童文學的各項活動無不全力支持，在教育局歷任局長吳順發、陳春雄、吳延齡等先生的規劃下，擬定各項推廣辦法，具體實施，包含：

　1.鼓勵學校出版校刊，並評定其優良者加以獎賞。

　2.推展兒童詩，舉辦相關的國語文教學研習及教學觀摩會，由與會研習教師返校後推廣。

3.詩歌吟唱的研習、發表會和比賽。

4.母語兒歌童謠研習及各項母語演講比賽。

5.策劃兒童劇展的研習和演出活動，以經費補助參與演出的學校，並評定其演出優良者給予獎賞。

6.配合特殊節慶，機動性舉辦全縣性教師或學生徵文比賽，並將優秀作品印成專輯，分贈全縣各校，以為推廣。

7.1986 年社教課長楊茂壽籌辦全縣教師兒童文學研習會，聘請國內知名的兒童文學作家、畫家、編輯等專家蒞縣指導，以培育本縣人才；舉辦國小學生的兒童文學營，以向下紮根。同時辦理全縣兒童文學創作徵文比賽，分國小教師組和學生組，鼓勵師生一起來創作，為兒童文學推展工作奠定良好的基礎。

8.1986 年辦理暑期教師兒童文學創作研習班，假縣立文化中心演講廳舉行，為期一週，從八月十一日起到十七日止。講師和課程如下：林良（國語日報經理）「兒童文學綜論」、林樹嶺（佳里國中教師）「如何指導作文」、張清榮（台南師專教授）「兒童小說創作教學」、徐士欽（台南市立人國小教師）「童詩創作教學」、陳玉珠（新民國小教師）「甜蜜的兒歌」「談圖畫故事」、林清泉（屏東內埔國中教師）「兒童劇本編寫」、鄭文山（保西國小教師）「作文指導」、彭竹予（雲林縣國中教師）「刊物編輯指導」、許細妹（雲林縣國小校長）「童話寫作指導」、曾金木（台南市和順國小校長）「語文教學與兒童文學」、黃清波（雲林縣教師）「童詩創作」、陳義男（後港國小教師）「童詩習作」、邱錦木（西勢國小教師）「兒童劇的指導與實務」。該次研習中排出童話童詩習作時間，由已具寫作經驗的教師擔任輔導員，協助解決寫作時的困擾，所有研習人員均交出

作品，於綜合研討中講評，選出佳作，在結訓典禮時頒獎，並將作品結集成《小麻雀兒童文學創作專輯》。

9.寒假期間在岸內國小辦理國小學生兒童文學冬令營，以童詩童話的研習為主題，指導小朋友創作童詩和童話，優秀作品亦收錄在《小麻雀》中。

10.此後陸續舉辦研習活動，兒童文學界老將如馬景賢先生、林武憲老師、曹俊彥先生、黃海先生、李潼老師、謝武彰先生、洪中周老師、黃瑞田老師、鄭明進老師、洪文珍老師、陳正治老師、洪義男老師等，均曾蒞臨指導。

11.1987 年創辦《小麻雀》兒童文學創作專輯，創刊號 208 頁，25 開本，有教師童話作品、童詩作品、學生童話作品、童詩作品和參加研習的師生作品。

12.此後每年均出版一本《小麻雀》，不曾中斷：第二集為少年小說選集，25 開本，146 頁。第三集為兒童劇本選集，25 開本，162 頁。第四集為童話選集，25 開本，208 頁。第五、六、七集不詳；第八集為「童詩童畫」和「散文」兩項，20 開本，201 頁。第九、十一集為「童詩童畫」和「童話」兩項，第九集為 20 開本，250 頁；第十一集為 20 開本，209 頁；第十集為「少年小說」和「童詩童畫」，其中開放少年小說給高年級學生嘗試寫作，成績不惡，20 開本，268 頁。第十二集師生皆為「散文」和「童詩」兩組，20 開本，273 頁。第十三集教師組為「寓言」，兒童組為「童話」。20 開本，275 頁。

13.鹽分地帶文藝營以兒童文學為討論主題，舉行座談會，邀請林煥彰、舒蘭、林仙龍、利玉芳、陳玉珠等兒童文學界人士參加。

14.1991 年鄭文山老師創辦《兒童文學雜誌》雙月刊，除向文友

約稿外，並鼓勵兒童創作。

15.1993 年一月龔建軍（薛林）先生獨資創辦《小白屋幼兒詩苑》季刊，每期只印三百份，分贈兩岸暨海外兒童文學社團、圖書館及喜愛幼兒詩的朋友，不上書市，不受贊助，並採約稿方式，婉謝投稿。目前仍在出版中。

16.1993 年，為鼓勵本縣文學工作者，創作研究，獎掖優良文學作品，倡導地方文學風氣，縣立文化中心舉辦第一屆南瀛文學獎暨南瀛文學新人獎徵獎，分詩歌類、散文類（含兒童文學）、小說類。

17.第二屆起在新人獎部分作品類別中，將兒童文學列為一大項，包含童詩、童話、兒童散文、少年小說，對兒童文學的重視可見一斑。可惜延續到第五屆起突然將兒童文學全部除去，令人扼腕！

參、近況簡報

1.1997 年由教育局設計向全縣中小學師生徵求「對好爸爸的創意點子」，在 521 件作品中評選出 100 篇，編成《讓愛ＮＥＷ一下》專輯，主編為社教課長葉澤山和周滿女校長。

2.1997 年尊師系列活動，徵文「杏壇妙聽聞」、「敬師妙點子」，輯成《孔子曝光了》專書，由社教課長葉澤山和康麗娟校長主編。

3.1998 年「向爸爸致敬」徵文，由葉澤山和周滿女編成《愛在8‧8》專輯。

4.台南縣文化中心圖書組企劃「南瀛之美」鄉土圖書系列，從 1997 年起成立編審委員會，配合社區總體文化營造及中小學鄉土教育文化政策，採取圖文並茂、印刷精美的圖畫書型式，內容涵括本縣五大行政區域的鄉土生活題材，全套叢書共計一百本。

　　本套叢書由台北市立師院教授蘇振明規劃草案，鄭明進和蘇振明爲編審顧問；文編爲林武憲、陳玉珠、黃文博，美編爲陳麗雅；由編委會依圖書性質邀請專業作家、插畫家、攝影家分別撰稿創作。

　　5.南瀛之美圖畫書新書發表會於 1999 年五月五日假文化中心舉行，縣長陳唐山親臨主持，發表肯定佳評，會中除展示新書外，並展示圖畫書製作過程、印刷程序、編輯會議十餘次記錄並選出試讀家庭和班級做讀後心得報告，編輯委員及專家介紹和評析，同時頒獎給參加徵畫獲優勝的學生，會中提供圖畫書一百套給套書資料提供者、記者和與會來賓。

南瀛之美圖畫書 1998 年作品一覽

書　　名	文	圖	攝　　影	改　　寫
逛奇美博物館	蘇振明	張哲明	奇美博物館提供	
關仔嶺好	陳玉珠	陳麗雅	陳麗雅	
蜈蚣出巡	黃文博	陳敏捷	黃文博	
黑面琵鷺來作客	謝安通	鍾易真	陳加盛	
我家在鹽水	謝玲玉	江彬如	謝玲玉	陳玉珠
麻豆阿公種文旦	陳玉珠	陳麗雅		

南瀛之美圖畫書 1999 年作品一覽

書　名	文	圖	攝　影
家鄉的寺廟	黃文博	兒童徵畫優秀作品	
我家在下營	利玉芳	顏棱芝	陳武鎮
顏水龍－紅厝村的寶	林武憲	蘇振明	
紅瓦窯的天空	陳玉珠	陳武鎮	陳武鎮
紅樹林	李慶章	陳麗雅	李慶章
西港燒王船	黃文博	許文綺	黃文博

肆、人物篇

　　台南縣幅員廣闊，人才濟濟，不論山居、平原或海濱，皆有從事兒童文學創作者，其中較易受到注意的，不外教師和常參加各項兒童文學徵文比賽的人。簡介如下：

一、毛威麟

1981 洪建全兒童文學獎第八屆徵文少年小說佳作〈珊瑚潭畔的夏天〉。

1982 洪建全兒童文學獎第九屆童話佳作〈小魔鼓〉。

1988 台灣省教育廳兒童文學獎第一屆童話社會組第一名〈垃圾山上的魔王〉。

1990 台灣省教育廳兒童文學獎第三屆少年小說佳作〈羽球少年〉。

1995 台灣省教育廳兒童文學獎第八屆少年小說入選〈變色的月亮〉。

1997 台灣省教育廳兒童文學獎第十屆童話首獎〈過山蝦要回家〉。

1999 台灣省教育廳兒童文學獎第十二屆少年小說入選。

二、李慶章

1.著作

1994 給我們一盞燈（南瀛文學新人獎童詩集）

1995 童話教學與創作

1997 兒童散文教學與創作

2.得獎

1988 台南縣兒童文學專輯〈安安的魔術鐘〉優選

1993 台灣省第六屆兒童文學獎〈那一頂黑帽〉童話佳作

1994 第二屆南瀛文學新人獎〈給我們一盞燈〉童詩類

1995 中國語文教材甄選佳作〈地震〉、〈海灘上的一天〉（童詩）

1996 台灣省第九屆兒童文學獎〈滑鼠阿南〉童話佳作

1996 台南縣兒童文學專輯少年小說〈槳〉第三名

1998 台南縣兒童文學專輯兒童散文〈讓我們去看海〉第一
名

三、李益維

1.著作

(1)山外山（詩文合集）

(2)野雁的故鄉（生態童詩集）

2.得獎記錄

(1)民生報全國童詩比賽第二名

(2)花東兒童文學獎

(3)小麻雀徵文及指導獎入選多次

四、陳玉珠

1.著作

少年小說／1978／玻璃鳥／書評書目社

　　　　　1979／藍色小狼／漢聲出版社

　　　　　1987／頭頂上的鄰居／正中書局（五人合集）

　　　　　1988／美麗的家園／聯經出版社

　　　　　1990／無鹽歲月／幼獅出版社

　　　　　1991／百安大廈／富春出版社

　　　　　1992／魔鏡／九歌出版社

　　　　　1992／變色的天使／幼獅出版社（四人合集）

　　　　　1992／危險遊戲／幼獅出版社（三人合集）

　　　　　1993／用愛彌補／幼獅出版社（六人合集）

童話／1981／神祕的邀請卡／成文出版社

　　　1982／美麗的醜八怪／成文出版社

　　　1988／東田埂的小三子／正中出版社（六人合集）

　　　1988／童話花園／自行出版

　　　1991／小池塘的歌王／文經出版社

圖畫故事／1988／小喜鵲的嘆息／農委會、國語日報

　　　　　1992／蓮，真好！／農委會、國語日報

　　　　　1994／文旦柚／農委會四健會協會

　　　　　　1997／巧織工，蠶寶寶／農委會四健會協會
　　　　　　1998／麻豆阿公種文旦／台南縣立文化中心
　　　　　　1998／關仔嶺好迌迌／台南縣立文化中心
兒童散文／1988／菱角塘／教育廳台灣書店
兒歌／1980／水晶宮／教育廳台灣書店
　　　　1980／是誰唱歌／教育廳台灣書店
　　　　1981／三隻眼的小崗兵／教育廳台灣書店
　　　　1985／花・草・童年／教育廳台灣書店

五、陳義男

1976 全國中小學教師兒童文學徵文散文類第二名
1985 出版「兒童詩的欣賞與創作」（野牛出版社）
　　 第八屆彭桂枝兒童詩指導獎（月光光兒童詩社）
1994 中華民國教材研究發展學會教材徵選詩歌類優選和佳
　　 作各一篇
1995 中華民國教材研究發展學會教材徵選詩歌類優選一篇
　　 佳作六篇、散文類佳作一篇
1996 兒童詩集「想念的季節」獲第四屆南瀛文學新人獎
　　 童詩、散文作品散見《國語日報》、《中央日報》、《台灣新生
　　 報》等兒童版及《月光光》詩刊

六、楊寶山

得獎記錄
童話：入選第五屆、第九屆台灣省兒童文學獎
　　　小麻雀徵文教師組第二名

中華民國教材研究發展學會教材徵選佳作

童詩：小麻雀徵文教師組第二名

七、林彩鳳

童詩創作及指導兒童童詩寫作

八、陳進孟

童詩創作及指導兒童創作

九、利玉芳

十、周滿女

十一、吳素華

十二、林正忠

十三、莊秋情

十四、陳永芳

十五、陳炎清

十六、鄭文山

十七、鍾騰

十八、蘇寶珠

十九、黃文博

伍、結語

　　台南縣正進入由農業到科技的轉型期中，電子媒體對民生的影響也無限的擴大，許多資訊和活動由靜而動，人的腳步當然得加快，才能趕得上時代的滾輪。滯留在縣內從事兒童文學創作的人，有必要做一個整合，擴展橫的聯繫，銜接縱的傳承，教學相長，經驗交流。

　　本縣籍而「流落他鄉」的文學家、畫家和編輯甚多，如台北的蘇振明、宋雅姿、謝武彰、楊真砂、王淑芬……高雄的蔡清波、黃炎山、林仙龍等。天衛的總編輯沙永玲，在讀大學之前也是在好山好水的台南縣長大的喲！還有一些是台南縣的女婿或媳婦（如高雄的陳梅英）事實上，還有很多從台南縣迸射出去，在全台灣各地意氣風發的才女才子，我們期待大家都團結起來，發揮農業縣土牛咬牙苦幹的精神，科技縣細緻前衛的心思，把台南縣琢磨成一顆兒童文學的明珠，讓台南縣成為兒童文學的重鎮，所有兒童文學熱愛者的麥加——這會是白日夢嗎？

　　請看！台南縣為本土音樂家吳晉淮先生，在他的故鄉柳營尖山埤水庫建了一座雕像和紀念碑！台南縣為本土文學家吳新榮醫生，在他的故鄉佳里中山公園內建了一座銅像和紀念碑！台南縣為本土美術家顏水龍先生，在他的故鄉下營紅毛厝顏氏家祠旁建了一座銅像和紀念碑！

　　台南縣對人文藝術的重視，由此可見一斑，因此，凡我熱愛兒童文學的鄉親，只要肯全心全力為兒童寫作，犧牲奉獻，無怨無悔，

使自己的故鄉能「以我為榮」，讓自己的故鄉享有文名----夢，就不再是只是夢而已了！

1999.4.30　于新營

澎湖縣兒童文學發展概況

黃　東　永

澎湖縣兒童文學發展概況

❖ 黃 東 永

壹、前言

　　澎湖縣爲一離島縣份，位於台灣本島中南部的西方海上，由六、七十個大、小島嶼所組成，每年有半年的東北季風肆虐，以致地瘠人貧，百業蕭條，近來賴以爲生的漁業，更因海洋資源被破壞，以及大陸漁船的侵害，更是雪上加霜。由於謀生不易，造成了人才大量的外流，目前留在當地的人口，大約九萬人，大都集中在馬公市，且逐年減少中。澎湖分五鄉一市，學校有二專一所、高中職各一所、國中十三所、國小四十一所。除了馬公市幾所學校學生人數較多外，大多數學校人數都在兩位數或百來人左右。(註一)

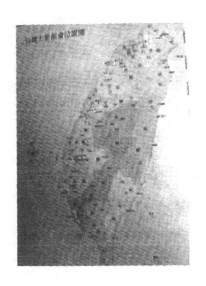

　　由於先天條件的限制，海島兒童文學的推展，可用「慘淡經營」四個字來形容。民國六十八年當第一本有關童詩集刊行時(註二)，一位師長就含意深深的說：「你們的熱忱，恐怕很快會被寒冷的東北季風所吹熄。」其困境可見一斑。不過雖然如此，還是有些人、有些事，在默默爲澎湖的兒童文學紮根、灌漑，爲小朋友們開闢想像與寫作的園地。

貳、發展概況

　　澎湖兒童文學的發展從民國六十五年起至今(註三)，大約可分成四個階段：

　　第一階段——醞釀期：

　　以洪金枝爲代表，洪校長是本縣第一位參加板橋教師研習中心兒童文學研習的教師(註四)，她不但自己寫童詩，作品常刊登在《國語日報》上，而且更積極指導學生習作，她教導的學生中以王家珍的童話（曾出版多本童話書籍）及其妹妹王家珠（爲著名之兒童文學插圖畫者）最有成就。洪校長並曾榮獲教育部兒童文學童詩組首獎。其後第二位的許顯宗(目前在台中)得過少年小說組首獎，第三位的陳仲業(目前在高雄)對少年小說亦有不錯之著墨，第四位的黃金李老師(亦已離開澎湖)得過兒童散文組首獎。本時期實爲教師個人之表現，童詩教學亦只是零星現象，無法全面引起重視。

　　第二階段——「綠天詩刊」期：

　　《綠天詩刊》(註五)原爲南師六六級一群寫詩的朋友所倡

創，六十七年起先後由黃東永、林桂彬、呂淑屏等人主編，後來並且將童詩與新詩合併出刊，結合當時一批年輕的老師如呂淑屏、張金玲、李順德、許松樑、丁麗蘭、洪金枝、丘華殷、蔡水源、翁麗華、洪建華、陳順像、劉惠月及教育局林桂彬等人，開始大力推展童詩寫作，一時間寫作人口大增，童詩寫作蓬勃發展，尤其屬於鄉下學校的西嶼鄉各國小，都有熱心的老師在指導兒童寫詩。《綠天詩刊》原爲季刊，後來因爲經費短缺改爲半年刊，所有經費完全由上述成員自掏腰包及募款得來，鮑平安校長（時爲教育局督學）、謝聰明、顏素琴、聶志肝等人都曾大力支持過。自第十二期起，才分由教育局文復會及縣立文化中心資助出刊。詩刊前半部爲新詩，後半部爲教師及兒童寫的童詩，完全免費贈送給作者及各校。

　　民國七十三年以後，上述等人大都離澎，或繼續深造，或調至台灣本島任教，後繼無人，《綠天詩刊》自此無疾而終矣！計前後共發行了十三期，雖然刊物印刷簡陋，但對澎湖兒童文學的發展有著深遠的影響，卻是無庸置疑。影響所及，當時的

地方報——《建國日報》（為軍方報，已於八十六年停辦）便開始大量刊登童詩於副刊上；甚至連台南市顯宮國小的吳明瓊老師及黃永松老師，亦每期都寄來不少小朋友的作品。其它如黃東永老師分別於吉貝國小與池東國小刊印了兒童童詩集《我的小詩》(註六)、蔡美珍於西溪國小刊印了《溪畔》(註七)、張金玲於大池刊印了《童詩教學》(註八)、呂淑屏在港子國小刊行了《一片冰心在玉壺》(註九)（此書後來列為澎湖縣國教輔導叢書）。本時期是澎湖縣兒童文學發展過程中，最有活力的一個時期。

　　第三階段——全縣教師參與期

　　民國七十三年，當時黃東永尚職調於教育局國教輔導團幹事，趁職務之便，舉辦了一次研討會，邀請全縣對兒童文學有興趣與研究的老師，及寫過相關作品的作者，共聚一堂，討論有關澎湖兒童文學發展的方向與目標。事後並於《建國日報》上，彼此就不同的論點，寫了幾星期的筆談論戰，引發了不少的回響。接著更與當時的國語指導員薛黃驪老師，舉辦了第一屆的兒童文學研習營，研習時間長達一個星期，由洪金枝、黃東永、呂淑屏等人擔任講師，並於會後收錄學員、及各校小朋友優選作品，出版了第一期的《澎湖縣兒童文學創作選集》(註十)。自此而後，尋此模式，每年由一所國小承辦並出版作品集，一直沿續到八十五年才中斷。不過由於此時期參加研習營的老師，以調派為主，雖然在量的方面擴充很多，但卻因參加的老師本身較少寫作，或興趣並不在此，在質與熱度方面，就

顯得有些不足。加上在這領域比較有興趣與投入者，大底有一些才華，而澎湖偏僻的環境與貧乏的資訊，常常無法留住這些人，也因此十幾年來，澎湖竟沒有一本兒童文學著作出現過，有的只是全縣教師和學生一年一本的作品集，及各校的校刊而已。跟台灣本島大量的兒童文學作品及作家出現的榮景，相去千里。此時期參與推廣的有陳昭容、許德便、莊淑娥、洪金枝等人，擔任的是研習營之講授工作。

第四階段——全民參與期：

　　自八十三年起，因為鄉土教材的被重視，教育局把重心轉移到鄉土教學上，兒童文學的園地便乏人問津了。為延續並推展澎湖縣的兒童文學，民國八十六年縣文化中心舉辦了一期三天的研習，對象擴及全縣對兒童文學有興趣者，延聘台灣本島兒童文學知名作家如方素珍、李潼等當講師。八十七年則舉辦兒童戲劇創意研習營，並規畫編排兒童歌劇，於八十八年二月六日及七日各演出糖果屋兒童歌劇，盛況空前。另外文化中心

每年暑假均辦有兒童寫作班，教學內容涉及了童詩和散文的習作。文化中心並預定於八十九年第三屆菊島文學獎項中，將兒童文學類納入。而八十六年創刊的澎湖時報副刊，也非常歡迎兒童文學相關的作品，常有小朋友的散文、童詩登出。於此同時，各校亦有不少老師，在沒有行政資源及鼓勵之下，仍默默的推展耕耘；唯熱潮不再，難成氣候矣！

參、人物篇

　　澎湖地區從事兒童文學研究及創作的人數並不多，而真正對澎湖兒童文學發展努力付出與影響者、並將其作品集結出書的更是微乎其微，像前述的洪金枝校長，早年雖然寫了不少，也曾在報章上發表不少作品，但據其本人表示大多已散佚，更可惜的是，最近幾年已很少看到他有文章發表了。洪金枝的童詩清新甜美，令人看了倍感溫馨，以下附錄兩首，可窺其寫作風格：

〈春風〉

春天剛結束了例行的訪問/就興沖沖的趕回家/一把推霧的紗門/露珠兒們捲著身子/東倒西歪的/躺在又該染色的地毯酣睡著呢/蓓蕾們垂著長睫毛/臉蛋帶著甜美的微笑/頑皮的小葉兒們/連在夢中都不安份/--依然搖搖擺擺/蜜蜂的房門還鎖著呀/蝴蝶也在睡袋裡打鼾/青蛙撫著肚皮說夢話哪/春風不忍驚醒他們的甜夢/躡著腳尖又走了/卻又忍不住回頭/輕輕的一路吻過去(註

十一)

〈夏天的晚上〉

太陽帶著雲才出門／風就撒下了扇／踮起腳　也溜啦／熱
得睡不著的地寶寶／只好拜託夜伯伯／說個故事來陪他／
夜伯伯貼著他的耳朵／說了一個什麼故事呢／嚇得他／冒
一身冷汗不吭聲／小河在一旁多嘴／不怕不怕　卻又／拼
命往前跑／海潮就不停的笑他們／傻　傻　傻　傻」。(註十
二)

　　另外可介紹的還有黃東永及呂淑屏二人。黃東永專長於新
詩、散文寫作，早年亦寫了不少的兒童文學作品，尤其童詩詩
意濃郁，部份童詩及散文收錄於其自印之《春天的故事》、及
由文化中心出版的《欖仁印象》二書中，以下節錄童詩及散文
各一。

散文〈春天來了〉：

當雲變成藍色春天就來了，一位小朋友輕輕的在我耳
邊說著。一隻鳥兒聽見了，趕忙吱吱喳喳的把花兒叫
醒：天藍了，春天到了！花兒揉著惺忪的眼睛，張著
大嘴巴說：愛說笑，我唱歌了，春天才到呢！風兒聽
了，興奮的翻了幾個身把草兒打泥土裡翻了出來：海
藍了，春天來了。小草伸個懶腰，打了個哈欠：有沒
有搞錯，我綠了春天才到呢！只有太陽笑紅了臉：春
天早在我心裡了。(註十三)

童詩〈打瞌睡〉：

早上我起來看書／紙上的黑字走進我眼裡／我的眼珠變黑了／我抬頭看看窗外／葉子跳進我眼裡／我的眼珠變綠了／花兒跑進我眼裡／我的眼珠變紅了／天空飛進我眼裡／我的眼珠變藍了／忽然風的巴掌打來／我的眼前變亮了。(註十四)

呂淑屏則由澎湖縣國教輔導團出版《一片冰心在玉壺》一書，將其多年童詩教學的方法，透過兒童的寫作，互相驗證與呈現，是一本很實用的教學參考書。呂淑屏老師也專長於寫詩，童詩也寫了不少，惜未集結出版，且已離澎十數年，目前任職於高雄市莒光國小教務主任，也因忙於學校行政，寫作方面便漸漸疏懶了，殊甚可惜，要不然以她的才情，定能有相當不錯的創作。以下附錄兩首圖象童詩：

```
　　　　　　　最
　　　枝　後　在
　　　它　椏　停　天　像
回　哭　刺　在　空　個　圓　　　月
家　也　破　樹　滾　大　圓　　　亮
了　不　它　梢　來　皮
　　哭　的　的　滾　球
　　　的　臉　後　去
　　　　　　　面
```

(註十五)

澎湖縣兒童文學發展概況　203

青　　　動
草　　　作

蝴蝶

飛呀飛呀
張開雙翼
優美的
像是
上下搖
舞蹈
蝴蝶

玫瑰
也立即趕忙
掀起
她的老師
蓬蓬裙

大家即伸長
他的雙手

跳出一起來跳雙手

春天了
美麗舞

(註十六)

除此之外，其他人也有一些不錯的作品，唯大多只是針對參加每一年「澎湖兒童文學創作選集」而寫作，平常或甚少動筆、或作品很少公開，因此無法對其事蹟有太多著墨。而在台灣本島發展的澎湖籍人士，雖未對澎湖兒童文學發展有過直接的貢獻，但由於其在此方面有突出的成就，間接的也對在地的兒童文學創作者的心理層面及現實企圖有極大的影響。這些人當中，又以目前在花蓮師院任教的張子樟教授，及在台中任教的蕭秀芳校長為最。張子樟在少年小說、國外兒童文學作品翻譯及國內兒童文學各類作品的賞析評論方面，有不少的論述書文集，亦擔任過多次兒童文學相關活動的審評委員及推展與教授工作；蕭秀芳則在詩及散文方面有大量的創作文集，在童詩寫作上，更有傲人的成就。可惜兩位優秀的作家學者，皆因離澎甚早，沒能為地方兒童文學的發展，留下寶貴的資源。我們期待他們在有所成就之餘，有朝一日，能回饋所長於澎湖，為此地注入一些新活力。而雖非澎湖人，但以《再見天人菊》(註十七)一書獲得洪建全文教基金會兒童文學少年小說類獎的李潼，亦給平寂的澎湖兒童文學帶起不小的漣漪。

肆、回顧與前瞻

澎湖縣兒童文學的推展從六十五年算起，前後也有二十多年了，但整體而言成效並不如人意，究其原因有三：

一、缺乏有組織性之團體——為澎湖兒童文學點火的《綠天詩刊》，是由一群同好所編印之刊物，並不是一正式組織，容易因人事遷，是以當幾位重要成員相繼離開後，便立即夭折。

而其它文學性質之組織如寫作協會、兒童文學學會等更是闕如，很多活力及點子都因缺乏激勵、討論而逐漸冷卻消逝。

二、 印刷出版社缺乏——早期如洪金枝等人都有不少好的作品，都因為此地印刷廠較少，印刷費貴而品質又差，很難有動機去收集編印成冊，時間一久，作品便散佚無存了，殊甚可惜，是以澎湖甚少文集出版。

三、 資源缺乏——澎湖由於偏懸於台灣本島之外，對於各種活動如演講會、討論會、展覽會等，完全無法參與；而本地各種資源十分匱乏，舉辦各種活動聘請講師都成問題。

四、 人才外流十分嚴重——環境的限制，阻礙有才華者的發展，是以絕大部份優秀的人才，都紛紛離鄉他去，使澎湖地區各種發展雪上加霜。像早期的張子樟、蕭秀芳，近期的張金玲、呂淑屏，或創作或教學都是一時之選，他們去離澎湖實是一大損失。

五、 主事者隨政策而為之——由於後期負責推展兒童文學的老師們，大都非興趣於寫作，而且多為學校行政人員，很容易因上級政策的改變而對工作重點有所取捨，故當鄉土文化受重視後，他們的心力便又放在鄉土教材的編寫上，這種做法雖無可厚非，而且對澎湖地區的鄉土教材之編寫，亦有不錯的成果，但屬於較不被重視的兒童文學，卻因此有如寒冬中搖擺的小花，奄奄一息矣！

雖然澎湖的冬天寒冷而蕭瑟，百樹枯萎、百花凋零，但澎湖的夏天是美麗而爽朗，潔淨的沙灘、蔚藍的大海、純樸的居民以及各種小而美的自然景觀。風沙終遮掩不了它佼好的面

貌，只是它需要用心去規畫呈現，需盡更大的力量去開發，因此，我們期許：

一、 能糾集同好成立詩社——澎湖地區興趣寫作、並有心指導學生寫詩的老師不在少數，唯皆為單打獨鬥型，在缺乏支援與鼓舞之下，很容易失去企圖與持久性，也較會疏懶於創作與留存，故成立一正式有組織的社團，將有助於風氣的倡導。

二、 廣設兒童文學獎項——澎湖縣立文化中心將於八十九年第三屆菊島文學獎增設兒童文學類，帶給從事兒童文學創作的同好莫大的鼓勵，我們非常期盼教育局也能重視，對於從事創作與指導兒童寫作的老師，及寫作優秀的學生們，能有常設的獎勵辦法，以提高其持續的欲望，並提昇澎湖兒童文學寫作的風氣。

三、 增列經費多舉辦研討會——透過經驗的交流，作品的觀摩，不但有助於興趣的維持，更可提高寫作的水準，澎湖作家一向缺乏互動，聚會研討的機會更是少，如果相關單位如教育局、文化中心等單位能多列經費，定期舉辦相關之研討會，將可彌補這方面的不足。

四、 爭取全國兒童文學學會支援專家先進蒞澎演講指導——澎湖地屬離島偏遠，不但各類資源缺乏，而且欲請專家蒞澎指導亦不易，經費與交通為主要因素，如果能爭取全國兒童文學學會支援，協助澎湖兒童文學的發展，將可收事半功倍之效。

五、 多舉辦兒童文學創作研習營——研習營的舉辦將可擴大參與的對象，對澎湖寫作的人口與寫作的技巧，將有實質

的助益,澎湖縣教育局原本每年都會舉辦,但因故已停辦多年,文化中心雖有接棒的準備,但卻非經常固定之行事。目前文化中心主辦該業務之圖書組林桂彬組長,有意集合對此有興趣的老師,規畫定期的研習營,我輩對此充滿了期望。

伍、結語

　　儘管澎湖兒童文學的發展,有回到起點的趨勢,但以本地優美的自然景觀,較正常的教學活動,及悠閒的生活步調,加上文化中心以推廣全民參與的作法,相信等根紮實後,必有它開花結果之期。我們期盼教育局在新人主政下,能以長遠的思維,重視潛移默化的紮根工作,對不求聞達的兒童文學工作者,能給予較多的肯定與鼓勵;我們也期待有心者的出現,能更積極更恒久的投入,為澎湖兒童文學的明天,再闢一方燦爛的新天地。整體而言,澎湖兒童文學的發展已呈病態,而且病得不輕,重病需名醫,我們非常希望本島的兒童文學學者、專家、先進們,能給予此地多一些支援,多一些參與各種活動的機會,讓它能春回大地,起死回春。

陸、編年記事

六十八年三月綠天詩刊第七期正式將童詩刊印其中

七十二年十二月澎湖縣兒童文學研討會假文化中心舉行

七十三年七月第一屆澎湖兒童文學創作研習

七十三年十二月第一期澎湖兒童文學創作選集

七十四年七月第二屆澎湖兒童文學創作研習

七十五年三月第二期澎湖兒童文學創作選集

七十五年七月第三屆澎湖兒童文學創作研習

七十五年十二月第三期澎湖兒童文學創作選集

七十七年二月第四屆澎湖兒童文學創作研習

七十七年八月第四期澎湖兒童文學創作選集

七十八年二月第五屆澎湖兒童文學創作研習

七十八年六月第五期澎湖兒童文學創作選集

七十九年二月第六屆澎湖兒童文學創作研習

七十九年五月第六期澎湖兒童文學創作選集

八十年六月第七期澎湖兒童文學作品集出刊

八十一年六月第八期澎湖兒童文學創作選集

八十二年六月第九期澎湖兒童文學創作選集

八十三年六月第十期澎湖兒童文學創作選集

八十四年六月第十一期澎湖兒童文學創作選集

八十五年六月第十二期澎湖兒童文學創作選集

八十六年三月澎湖縣兒童文學研習營假文化中心舉行

八十七年九月兒童戲劇創意研習營假文化中心舉行

八十八年二月糖果屋兒童歌劇公演二場

附註

註一　根據教育局統計，澎湖縣國民中小學八十七學年度學人
　　　數不滿一百人的學校共有三十三所，不滿二百人的學校
　　　有十三所。

註二　六十八年《綠天詩刊》第七期正式將童詩刊載其中。

註三　洪金枝六十四年參加板橋兒童文學研習返澎後，不久即開始指導學生從事相關寫作。

註四　澎湖縣教育局六十四年第一次選派洪金枝參加板橋兒童文學第三期的研習。

註五　原為一非正式刊物，十二期起依附於澎縣文復分會及文化中心，自六十六年創刊，至七十三年停刊，共發行十三期，每期發行五百本，免費贈送各學校及個人。

註六　自印　六十九年、七十一年　學生作品集。

註七　西溪國小出版　澎湖　七十三年　學生作品集。

註八　大池國小發行　七十二年　教學觀摩參考用書。

註九　澎湖縣國民教育輔導團出版　七十二年五月。

註十　澎湖縣國教輔導團出版　七十三年十二月　為徵選全縣國小師生童詩、散文、童話故事等類兒童文學作品之創作選集，該選集至八十五年停止，共刊行了十二期。

註十一　錄自《綠天詩刊》第十期小草篇第 1 頁。

註十二　同註十一 10 頁。

註十三　錄自《欖仁印象》　澎湖縣立文化中心出版　民國八十五年十二月 108 頁。

註十四　同註十三 114 頁。

註十五　錄自《綠天詩刊》第十一期 36 頁。

註十六　同註十五 37 頁。

註十七　書評書目出版社出版　台北市　民國七十六年為澎湖縣立文化中心八十六年兒童文學研習營參考用書。

　　本文相關資料承蒙教育局王美麗老師、馬公國小洪金枝校長、東衛國小莊興登主任、內垵國小許進來校長、文化中心陳文能組長、趙秀嬌小姐提供，及內人嚴愛華老師的謄錄，在此一併致謝。

屏東縣兒童文學概況

徐 守 濤

屏東縣兒童文學概況

❖徐守濤

壹、前言

　　屏東縣位於台灣的南端，中央山脈的西方，與高雄台東接壤，土地寬廣，民風純樸；早年是以農業生產爲主，出產有稻米、香蕉、椰子、洋蔥等。近年來觀光事業逐漸發達，屏東縣所擁有的山光水色，已引起觀光客的注意，紛紛前來遊覽。

　　談起屏東縣的兒童文學，有其地緣的特色，所有兒童文學的創作者，多爲國小老師。教師在鄉下地方，地位是崇高的，他們不但肩負著傳道授業的責任，同時也承擔著文化工作的使命。屏東以前沒有大學，唯一的師範學校，後來改爲師專、師院，就是培養教師的搖籃；因此兒童文學的生力軍，都是來自師範學校畢業的學生。當然，他們的創作，也與兒童的語文教學和生活發展，有相當的關聯。

　　屏東縣的兒童文學，發展得很早，早在民國四十八年，黃基博、莊世和與柯文仁老師們，就已爲屏東地區的兒童出版《幼苗月刊》。這本刊物，內容包括圖畫故事、童話和寫作指導，共編了一百集，可說是屏東縣最早期的兒童文學刊物。

　　屏東縣參與兒童文學創作的國小老師，大多數是曾經參加過台北板橋研習會兒童文學創作班的學員，返鄉後努力從事創作和教學的工作。因爲有了他們的加入，屏東縣的兒童文學才熱絡起來。

貳、屏東縣兒童文學發展概況

　　屏東縣兒童文學的發展概況，可分為三個時期，從民國四十八年到六十年，是初期的草創期，當時一般人還未聽過兒童文學，當然談不上創作了。但在屏東，因為有莊世和、黃基博、柯文仁和陳處世老師的提倡，才有兒童文學的萌芽。民國六十一年到八十年，是屏東縣兒童文學的發展期，縣內有黃基博老師的帶領，縣外有板橋研習會的培養，再加上屏東師範學院的參與培養，兒童文學終於開始在縣內獲得重視，開出一朵朵的小花。民國八十年以後，直到如今，認識兒童文學的人也越來越多，屏東縣的兒童文學，不但能造福自己鄉梓，還能支援其他縣市，這一點是讓我們感到慶幸光彩的。以下就是這段努力的記錄：

一、民國四十八年至六十年的兒童文學發展

　　早期的兒童文學發展，首先要談到莊世和老師，莊老師是黃基博老師的初中美術老師，早期留學日本，對日本的兒童文學有深刻的印象。黃基博老師從師範畢業後，能寫善畫，更呈現出他的多才多藝。在老師鼓勵和柯文仁老師的協助下，民國四十八年九月就開始編輯屏東縣的第一本兒童文學刊物《幼苗月刊》。這本刊物的封面和插圖則由莊世和老師義務幫忙。隨後，莊世和老師因工作繁忙，就把這份工作交棒給他另一位學生陳處世老師負責。於是，《幼苗月刊》裡的〈看圖作文〉、〈小畫室〉就由陳處世老師全權處理。後來柯文仁老師離開國小，前往國中任教，黃老師就與陳處世老師繼承了莊老師的理想，分頭在兒童文學和繪畫上努力，為今日的兒童

文學寫下了光輝的一頁。

民國 56 年黃老師出版第一本童話，這些作品，是早已刊登在《幼苗月刊》、《國語日報》和《小學生月刊》中的作品，只是把它聚集成書罷了。至今三十年多年來，黃老師仍是努力不懈，為兒童文學付出生命，為屏東地區培育幼苗，甚至為屏東師院的準老師們演示教學，推廣兒童文學與語文科結合的教學方式，讓兒童們能在遊戲中快樂的學習語文。

至於陳處世老師，卻在藝術教育上發展了他的長才，成為屏東縣推廣皮影戲的最大功臣。同時，他也把皮影戲的雕刻藝術，運用在牛皮紙上，自創紙影戲，在屏東縣國小中推行；讓兒童藝術教育在遊戲中紮根，讓兒童在遊戲中學習。如今他已退休，他仍是努力工作，除了藝術的發展外，他也從事寓言故事的寫作，這種精神令人敬佩。

二、民國六十年至八十年兒童文學發展

屏東縣除了黃基博老師外，可說是人才濟濟，為兒童文學積極付出的知名人士，部分參加過板橋教師研習會兒童文學研習班。如：第一期的馮俊明、李萬和，第三期的邱秀霖、曾妙容、王萬清，第四期的馮喜秀、張健盟、藍孟德。第九期的有梁財妹、洪振旭、蔡慧華、吳同益。此外，參加地區研習，或是自我研習有成的，則有羅欽城、林清泉、林玲、周廷奎、杜紫楓等人。屏東師院徐守濤教授也主動加入他們的行列，共同努力。因為大家的合作，使屏東縣在兒童文學發展上，交出了亮麗的成績單。如：兒童詩、兒童戲劇都光芒四射，令人羨慕。茲將屏東縣二十餘年來在兒童文學上的貢

獻，呈現於後：

（一） 作家與作品

1.黃基博：

（1） 童話集：玉梅的心、兩顆紅心（69 年行政院新聞局金鼎獎）

（2） 童詩集：媽媽的心（第一屆洪建全童詩首獎）、看不見的樹、時光倒流、黃基博童年詩、圖象詩（師生詩集）

（3） 劇本：林秀珍的心（76 年教育廳出版，80 年榮獲高雄市最佳劇本獎）、森林裡的故事（76 年屏東縣教師劇本獎第一名）、花神（77 年屏東縣教師劇本創作獎第一名）、公德心放假（78 年同時榮獲高雄市第八屆柔蘭獎及屏東縣劇本創作獎一、二名）小黃鶯、大肚魚的故事、兒童劇本創作集等。

（4） 學生作品：兒童詩畫（下）、開心果（學生笑話集）、猜猜我是誰（學生謎語集）、童話日記（學生童話集）、童話信（學生童話集）、兒歌大家唱（學生兒歌集）、兩朵雲（學生童話集）、花和草（學生寓言集）、不褪色的母愛（學生詩集）、兩個我（學生詩集）、書香滿校園（學生文集）、紅色的新年（學生詩集）、小記者訪問記（學生採訪集）

（5） 兒童文學與語文教學作品：孩子們與我、我教你作文、圖解作文教學、兒童提早寫作方法、怎樣指導兒童寫詩、我教你修辭、詩的誕生。

2.柯文仁：看圖作文、語文集錦、給天真的孩子、孩子們與我、木馬歷險記、幼苗雜誌。

3.陳處世：編輯《幼苗月刊》一百期，兒童紙影戲的製作與表演
　　　　　（皮影戲）。

4.馮俊明：我的語文與教學研究（獲第五屆語文獎章）、童詩、
　　　　　童話作品散見各報章，也曾獲洪建全兒童文學獎、月
　　　　　光光童詩指導獎。

5.馮喜秀：兒童作文說話研究、希望鳥、草地上的小麻雀等。

6.林玲：房子生病了（兒童詩）、春蕾（學生詩集、75）我們的
　　　　天空（學生文集）、李兆華童年日記（77）。

7.羅欽城：有趣的地名故事（74）、吳夙欽日記、阿花遊台灣上、
　　　　　下（漫畫）、阿花遊台北（漫畫）。

8.曾妙容：

　（1）兒童詩集：露珠、紙船。（〈漣漪〉一詩曾獲洪建全兒
　　　　　　　　童詩佳作獎）

　（2）少年小說：飛上藍天、春臨七里溪、小鎮春回（三本均
　　　　　　　　榮獲洪建全少年小說獎一、二，65、66、67）。

　（3）童話：幻想世界（洪建全童話首獎、66）、透視眼鏡（洪
　　　　　　建全童話獎佳作、67）。

　（4）散文：樹（教育部中小學教師散文佳作獎、64）

9.林清泉：

　（1）兒童詩：遨遊童詩國度（76）

　（2）劇本：仁慈的報酬、雨過天青、孤兒努力記、叔叔回來
　　　　　　的日子

10.林美娥：

　（1）兒童詩：假如世界是透明的（兒童詩、72）、〈等待〉一

詩獲 67 年洪建全童詩首獎、〈風箏〉、〈賭氣〉
二詩獲洪建全童詩獎入選、多次獲「月光光」
兒童詩獎、獲第三屆彭桂枝兒童詩指導獎。

（2）童話：糖果偷笑（教育部兒童文學創作獎、71）

11.周廷奎：春天來到萬年溪（兒童詩）

12.王萬清：兒童文學教育（66）、創造性閱讀與寫作教學（77）
　　　　　童話創作散見各報章，惜未結集成書。

13.杜紫楓：

（1）　劇本：智慧丸（台北市教育局兒童舞台劇劇本甄選入選，
　　　　　　　73）、小太陽（台北市教育局兒童舞台劇劇本甄
　　　　　　　選入選，75）、雲兒找家（教育廳兒童舞台劇劇
　　　　　　　本佳作，77）、演的感覺真好（79）

（2）　一般作品：一百分小孩（兒童詩，79）是誰偷了果子（文
　　　　　　　建會「好書大家讀」推薦好書，寓言故事，
　　　　　　　80）

　　以上作家，其作品均已結集成書，故將之列出，其餘尚有丘
秀霖、吳同益等人的作品，散見《國語日報》，惜未整理成冊，
出版發行。其中丘秀霖老師更可說是屏東縣兒童文學推動的幕後
功臣，從民國六十八年至七十四年，凡是本縣兒童文學研習會，
幾乎都是由他策劃和協助辦理，每次受惠老師，都超過四十人以
上。此外，屏東師範專科學校李慕如教授，曾出版《兒童文學綜
論》，徐守濤教授也出版《兒童詩論》，及製作公共電視節目「童
詩童心」十二集、「我們就是春天」三集，讓屏東縣兒童文學走

得更穩。

（二） 辦理研習會：

　　從民國六十八年開始至七十五年，屏東縣政府均舉辦兒童文學研習會，這些研習會共分為兩部分，一是培訓老師，一是指導學生。當時，都是禮聘外縣市作家及專業人士到屏東來授課，如林鍾隆先生、趙天儀教授等。隨後本縣作家相繼出現後，則由本縣作家老師接任。此外，每當研習會結束後，也會將老師與學生的作品會集成冊出版。作品計有：

　　1.屏東縣兒童寫作專輯（71、72 年）

　　2.青青的禾苗（73 年）

　　3.青青的草原（74、75、76、77、78、79、80 年）

　　4.國小教師兒童文學寫作專輯（75）

（三） 兒童劇推廣

　　兒童戲劇的推廣，也是從劇本的甄選開始，民國七十八年屏東縣政府並指定仙吉國小為推展兒童劇實驗學校，其推廣情況如下：

　　1.兒童劇本得獎專輯（76、77、78）

　　2.兒童戲劇公演：

　　　（1）75 年演出〈秀珍的心〉。

　　　（2）76 年在中正藝術館演出「森林裡的故事」。此外田子、高　　　　　樹、新豐、南華、全德、豐田、新埤、載興、鹽州等國民　　　　　學校也同時在其學校演出兒童劇。

　　　（3）77 年演出〈花神〉。此外，田子、南華、新豐、載興、內　　　　　獅、關福、青葉、烏龍、餉潭等國民學校在自己學校演出

兒童劇。

（4）78 年仙吉國小指定為兒童劇展實驗學校，並演出〈公德心
　　 放假〉。

（5）79 年演出〈大肚魚的故事〉。

（6）80 年演出〈詩寶寶誕生了〉。

（四） 屏東師院兒童文學活動

1.成立兒童文學獎（73 年）。

2.兒童劇、幼幼劇坊公演（76—80 年）。

3.出版《童年有夢》劇本集（79 年）。

（五）師範生與仙吉國小

　　　仙吉國小黃基博老師將兒童文學融入語文科教學，成果非
凡，因此，屏東師院及其他師院應屆畢業生，紛紛前往參觀黃老
師的教學，其參觀情況如下：

1.屏東師院：（69、70、71、72、75、76、77、80 年）參觀項目
　為作文教學、兒童詩創作、兒歌創作等。

2.台東師院：（74、75、76、79）參觀項目為兒童詩創作、兒歌
　創作。

3.新竹師院：（79）參觀項目為談兒童文學教育。

六十年到八十年的兒童文學發展，可說是多姿多采，熱鬧非凡。

三、民國八十一年至八十八年兒童文學發展

　　屏東縣兒童文學的發展，民國六十年到八十年間，在仙吉國小
黃基博老師的積極推動下，已稍見規模，八十一年以後，依然繼續

發展，其發展情況如下：

（一）作家與作品

1.黃基博：

（1）劇本：小熊逃學記（編劇、作曲、81 年到橋德、橋勇國小及在中正藝術館演出）、森林的風波（編劇、作曲、82 年到恆春、高樹、及新園國小演出）、蝴蝶和花兒（編劇、作曲，83 年）、一個祕密可愛的地方（編劇、作曲、84 年）、童戲鑼聲響不停（書、84 年）、大樹的故事（編劇、作曲、85 年），八十六年縣政府預算被刪，戲劇公演因而停辦。

（2）學生作品：綠野遊蹤（學生文集）、我愛謎語（學生謎語創作集）、童年生活如戲（師生謎語創作集）、仙吉兒童詩話集、母親花（學生詩集）、愛之蝴蝶夢（少年兒童小說）、校長再見（師生詩文專集）。

（3）語文教學：和兒歌一起玩、兒童日記分類指導、作文的營養素、小學作文教學活動設計。

2.陳處世：

（1）寓言故事書：第一集十冊（孫悟空找脾氣、豬八戒戒樂子、沙悟淨求清靜、傲慢的牛魔王、多疑的鐵扇公主、奇妙的寶山、九柳村之謎、沒有感謝心的狐狸、頑皮的抗抗、小偷成富翁，81 年）、第二集十冊（老闆找秘書、到外婆家玩的兩兄弟、百果樹、兩手相碰、寶石變石頭、跛腳老大、大吃與小吃、摔破玉杯的人、小丑樂樂、兩個麵包換來的名畫、85 年）。

（2）戲劇：平平與傲傲（皮影戲兒童故事書）、影偶之美（皮
　　　影戲）。

3.杜紫楓：

（1）一般作品：一位母親的死（偵探故事、81）散文創作選（83）
　　　吹牛爸爸（俠客故事 84）、動物語言翻譯機（童話、牧笛
　　　獎佳作 85）片片楓葉情（詩集 85）。

（2）劇本：明月知我心（82 年高雄市婦女文學獎短篇類首獎）、
　　　嬌滴滴的小點點（82）、請爸媽也保重（83）、兩頭驢與兩
　　　頭牛（84）以上三篇均獲教育廣播電台劇本甄選入選、愛
　　　心發粿（台灣兒童文學會少年小說佳作、83）。

4.洪振旭：兒童寫作指導與實務（教育部中小學人文及社會研究
　　獎、82）、作品散見各報章雜誌。

5.梁財妹：快樂教學行（86）。

（二）　辦理研習會：

　　屏東縣的兒童文學研習會在八十一年後依然承襲七十年以來之
勝況，繼續展開，研習後也一樣出版作品集。作品計有：《青青的
草原》（81、82、83、84、85）、《荷塘有情》（82）等，對屏東縣國
小老師的認識兒童文學有很大的幫助。

（三）　兒童劇推廣：

　　兒童劇的推廣，除了仙吉國小黃基博老師和杜紫楓老師是主角
外，也有部份國小積極推展，如仁愛國小音樂班就嘗試推出音樂劇，
連續三年在藝術館及該校活動中心演出（85、86、87）。屏東師院
也扮演著重要角色，從七十三年開始每年公演一齣幼幼劇坊，直到

今年仍然繼續進行。此外，八十一年以後，屏東縣文化中心也開始重視兒童劇，可惜因資料不全，未能做完善報導。八十六年以後，每年都有七、八齣兒童戲劇在藝術館公演，來過屏東的劇團包括有鞋子、泛美、媽咪、亞東、九歌、杯子、爆米花、紙風車等。此外引進的外國劇團有：日本團、美國團、也有文建會安排的布袋戲、皮影戲，無形中，讓兒童戲劇在兒童心中紮根。

參、結論

　　屏東縣兒童文學發展，都是由一群熱心的國小老師在努力，黃基博老師是最重要的支柱，他能寫、能教、能畫、能編、能作曲，更難得的是他積極熱情，又願意與縣政府配合，與丘秀霖老師一起承辦研習會，聘請學者、專家、教師來為國小老師上課，為縣內培養有興趣的老師。此外板橋研習會兒童文學研習班，也為本縣培養了不少人才，對本縣兒童文學能如此蓬勃發展，也是功不可沒。屏東師專到師院的改制，將兒童文學列為各系之必修課程，也使準老師們對兒童文學有了正確的認識；再加上黃老師的校外指導，更使他們了解兒童文學與語文科教學的密切關係。近年來本縣文化中心的積極推動，使兒童戲劇的深入兒童生活，更加強了縣民對兒童文學的認知，相信兒童文學未來的發展，將會有更光明的前程。

（本文原刊於中華民國兒童文學學會會訊，14 卷 6 期，1998 年 11 月）

台南市兒童文學史料初稿

張　清　榮

台南市兒童文學史料初稿

❖張清榮

壹、前言

　　府城人文薈萃，文化水準高，各項藝文活動四時不斷，薰陶府城人士的氣質，提昇府城人士的文化素養。其他藝文活動暫且不談，以「文學活動」來說，有「府城文學獎」，成文的「鳳凰樹文學獎」，另有由成大承辦的「大專學生文學獎」，台南師院的「振鐸文學獎」，培育眾多寫作人才。再以「兒童文學」領域而論，台南師院的學生在張清榮教授指導下，參加台灣地區或兩岸兒童文學獎，頗有斬獲。至於台南市政府主辦的兒童文學研習活動，更使國小教師打開兒童文學的視窗，汲取兒童文學養料，灌注在民族幼苗身上，可謂居功厥偉。有關兒童文學的理論研究，則以台南師院為重鎮，眾多教授將一得之見出版，便使得兒童文學論壇更加充實有物，是值得稱道之處。

　　茲以「兒童文學活動」、「兒童文學論述及創作」和「兒童文學獎項得獎紀錄」三方面，略述台南市的兒童文學發展史，若資料有欠缺不足之處，尚祈高明之士不吝補遺。

貳、兒童文學活動

　　1.民國四十三年十二月一日，台南市立圖書館開辦「兒童巡迴書庫」，巡迴郊區各小學，每校為期兩週。

　　2.民國四十五年十月十四日，《中華日報》開闢兒童版，每逢周

日出刊，由楊思諶主編。

3.民國四十九年九月，全省各師範學校，由本學年度開始逐年改制為「五年制師範學校」，「兒童文學研究」列為語文組選修課程。台南師專由林守為教授開授「兒童文學研究」課程。

4.民國五十三年三月二十九日，台南師專林守為教授編著《兒童文學》自費出版。

5.民國五十四年三月，曾任台南師範學校光復後第二任校長的吳鼎先生著《兒童文學研究》，由台灣教育輔導月刊出版（民國六十九年十月改由遠流出版社出版）。

6.民國五十五年八月，林守為教授參與台灣省教育廳在台中師專設立為期四週的「兒童讀物研究班」課程研習會。會中由美國圖書館學暨兒童文學專家海倫‧石德萊（Helen R. Sattley）講授「兒童閱讀心理研究」和「兒童文學研究」課題。

7.民國五十六年九月，各師專夜間部開設「兒童文學研究」課程供學生選修。

8.民國五十八年四月，林守為著《兒童讀物的寫作》獲「中山學術文化基金」出版獎助。該書由作者自行出版。

9.民國五十九年八月，各省市立師專開設「兒童歌謠研究」，提供音樂科學生選修。

10.民國六十六年七月，台南市立兒童科學館成立，內設兒童閱覽室，面積約一百二十坪。

11.民國六十六年十一月十二日至十二月三十一土，光復書局舉辦「世界優良圖書展」，展出五大洲二十一國六十三家出版社出版的兩千五百多冊圖書，台南展出地點為遠東百貨公司。

12.民國六十七年，省市各師專四年級語文組選修課「兒童文學研究」，由二學分改爲四學分，並改爲科目名稱爲「兒童文學研究及習作」。

13.民國六十八年四月二十二日，美國新聞處於台南舉辦「美國兒童讀物巡迴展覽」，展出圖書由美國二十二家出版公司提供。

14.民國六十九年四月七日，台南師專林守爲教授赴「洪建全教育文化基金會」之「高雄視聽圖書館」，擔任「專題演講」講座。

15.民國六十九年四月二十六日，台南師專趙雲教授受邀擔任「信誼基金會學前教育中心」講座，在永福國小主講「談幼兒讀物」。

16.民國七十年一月一十日，信誼基金會學前兒童活動中心台南分館——「樂樂園和學前教育資料館」正式開放。

17.民國七十年四月二十九日，台南師專林守爲教授參加「高雄市第二屆文藝季兒童文學座談會」。

18.民國七十一年八月十六日至二十二日，第二屆「慈恩兒童文學研習會童話營」在台南妙心寺舉辦，講師有林良、鄭明進、李雀美等人。

19.民國七十三年六月二十八日，七十三年度南部七縣市兒童劇展在台南市中正圖書館舉行，爲期三天。

20.民國七十四年五月四日，洪建全教育文化基金會暨書評書目出版社舉辦「兒童文學巡迴講座」，台南站在台南師專舉行，由林良主講〈童話寫作〉，林煥彰主講〈成人爲兒童寫詩的創作觀〉。

21.民國七十四年六月八日，台南文化中心邀請林良主講〈兒童文學的創作〉。

22.民國七十五年一月十二日，信誼基金會學前教育中心邀請鄧

佩瑜在台南館演講「幼兒戲劇活動的帶領」。

23.民國七十五年四月三十日，台南市教育局舉辦第一屆「鳳凰城兒童文學創作獎」徵文截稿，分國小學生及國小教師兩組。徵文類文別為童話、兒童故事、寓言、兒童詩歌、兒童戲劇五類。每組每類各錄取前六名。得獎作品於當年七月三十一日結集出版。教師組童話類第一名〈美之旅〉，作者吳明瓊老師。

24.民國七十五年八月十八日至二十三日，成功大學施常花教授參加在東京舉行的 IBBY 第二十屆大會。

25.民國七十六年四月三十日，台南市教育局舉辦第二屆「鳳凰城兒童文學創作獎」徵文截稿。組別、文類、錄取名額和結集出版日期（七十六年七月三十一日），均和七十五年相同。教師組童詩類第一名〈河水〉，作者楊素珠老師。

26.民國七十五年八月一日，台南師專林守為教授退休，由趙雲教授「兒童文學及習作」一年。

27.民國七十五年十一月十六日，中華民國兒童文學學會與中央圖書館台灣分館等舉辦「參加『一九八六年國際少兒圖書評議會東京大會』心得發表會」，地點在國父紀念館，由林良主持，成功大學施常花教授於會中做心得報告。

28.民國七十六年六月二十七日，中華民國兒童文學學會與台北文學藝術實驗室合辦「人格工程文學座談會」，成功大學施常花教授做「讀書治療」研究報告。

29.民國七十六年七月一日，五年制師專改制為師範學院，「兒童文學」正式列入各系必修課程，一學期兩學分。進修部則列「兒童文學」為語文教育系選修，同為一學期兩學分。

30.民國七十六年八月一、二日，魔奇兒童劇團到台南市立文化中心演出〈淘氣鳳凰七寶貝〉。

31.民國七十六年八月一日至十月三日，中華民國兒童文學學會、東方出版社合辦「少年小說研習班」，共分十次在台北市新生南路中央圖書館台灣分館上課，成功大學施常花教授主講其中一次，講題爲〈少年小說與讀物治療〉。

32.民國七十六年九月，張清榮教授擔任省立台南師範學院語教系「兒童文學及習作」及其他各系的「兒童文學」課程。

33.民國七十七年五月二十七日，「台灣區省市立師範學院兒童文學學術研討會」在台中師院舉行，主題爲「兒童詩歌研究」，共舉辦四場研討會，台南師院張清榮教授〈童詩創作論〉論文。

34.民國七十七年八月一日，成功大學施常花教授、台南師院張清榮教授擔任台南縣七十七年度國中小學暨幼稚園教師「少年小說、兒童劇本創作研習班」講師。

35.民國七十八年二月十六日至二十一日，台南市教育局於新南國小舉辦「七十八度教師組兒童文學研習班」，台南師院張清榮教授擔任講座。

36.民國七十八年五月十一日至十三日，省教育廳委託台東師院舉辦「台灣區省市立師範學院七十七學度兒童文學學術研討會」，以「童話」和「童話教學」爲主題。台南師院張清榮、李漢偉兩位教授與會。

37.民國七十八年十二月二十一日，台南市新南國小舉辦「兒童文學研習會」，台南師院張清榮教授擔任講座。

38.民國七十九年五月四日至五日，「台灣區省市立師範學院七

十八度兒童文學學術研討會」在嘉義舉行。台南師院張淸榮、李漢偉兩位教授與會。張淸榮教授發表〈童話美學初探——以「金色的海螺」為例〉，係大陸兒童文學作品——童話詩首度在台灣學術研討會上討論。

39.民國八十一年五月六日，台南市新南國小舉辦「兒童文學研習會」，台南師院張淸榮教授前往授課。

40.民國八十二年三月二十四日，台南市開元國小陳朝陽校長賡續在新南國小承辦「兒童文學研習會」多年之傳統，於調任開元國小之後立即辦理「兒童文學研習會」，台南師院張淸榮教授擔任「童話」講座。

41.民國八十四年三月二十一、二十二日，台南市開元國小舉辦「兒童文學研習會」，鄭文山老師、蔡錦德老師等擔任講座，台南師院張淸榮教授主講〈少年小說欣賞與創作〉。

42.民國八十六年八月六日，台南師院退休教授林守為先生病逝於台北市陽明醫院，享年七十八歲。

43.民國八十七年八月十六日上午十時，中華民國兒童文學學會假台北市福州街一號地下一樓「快雪堂」，舉辦「林故教授守為追思會」。

44.民國八十七年八月十六日，《國語日報》〈兒童文學〉版開闢刊載「林故教授守為先生追思文稿」，計刊載陳正治教授〈為兒童文學奉獻心血的林守為教授〉，馬景賢先生〈懷念默默的耕耘者〉。

45.民國八十七年八月二十三日，刊載林良先生〈快樂的兒童文學研究者〉，張淸榮教授〈懷想林守為教授〉，陳正治教授〈林教授追思會簡訊〉。

46.民國八十八年五月二十六日至二十八日，台東師院舉辦「台灣地區兒童文學與國小語文教學研討會」，台南師院張清榮、李漢偉兩位教授擔任論文講評人。

參、兒童文學論述及創作

一、吳鼎教授（台南師範）

　　1.兒童文學研究（台灣教育輔導月刊社，民 54.3.）

二、林守爲教授（台南師專）

　　1.兒童文學（自印本，民 53.2.）
　　2.兒童讀物的寫作（自印本，民 58.4.）
　　3.童話研究（自印本，民 59.11.）
　　4.兒童文學析賞（作文出版社，民 69.9.）
　　5.兒童文學（五南圖書有限公司，民 77.7.）

三、趙雲教授（台南師院）

　　1.開天闢地（教育廳兒童讀物編輯小組，民 70.5.）
　　2.中國傳奇故事（教育廳兒童讀物編輯小組，民 72.7.）
　　3.南柯太守傳（教育廳兒童讀物編輯小組，民 73.1.）
　　4.兒童的語言世界（書評書目出版社，民 77.8.）

四、張淑娥教授（台南師院）

　　1.兒童歌謠簡介（國教之友 444、445 期，民 68.8.）
　　2.兒童歌謠類舉（國教之友，民 79.9）

3.兒童故事與教學研究（久洋出版社，民 81.9.）

4.兒童歌謠與教學研究（久洋出版社，民 81.12.）

五、陳海泓教授（台南師院）

1.*Value in Children's Books: From Chinese, Chinese-American, and American Authors' and Children's Points of View*（P.H.D. dissertation , University of Wisconsion-Milwaukee，民 83.12.）

六、李漢偉教授（台南師院）

1.兒童文學講話（供學出版社，民 77.4.）

2.我們都是白雪公主？——當前童話教學的一些省察（七十八年度兒童文學學術研討會，民 78.5.）

3.兒童文學講話（增訂本，復文書局，民 79.10.16）

4.兒童文學有關「理想現實」命題的探討（高市文教 44 期，民 80.10.）

5.童話的語言風格（中華民國兒童文學學會研究叢刊第八輯，民 81.11.）

七、王萬清教授（台南師院）

1.兒童的文學教育（屏東東益出版社，民 66.10.）

2.少年小說與閱讀治療晤談內容（中華民國兒童文學學會研究叢刊，民 75.12.）

3.資優兒童小說創作課程設計（測驗與輔導月刊第 74 期，民 75）

八、李淑華教授（台南師院）

1.有趣的兒童遊戲歌（國教之友 453，民 69.6.）

2.兒童文學發展研究（南一書局，民 77.10.）

九、李連珠教授（台南師院）

1.課室內的圖畫書（國教之友 43 卷 2 期，民 80.11）

2.早期閱讀發展釋疑之一：兼談家庭閱讀活動（國立台中師院幼兒教育年刊第 5 期，民 81.5.17.）

3.再談幼兒教室之情境佈置——創造推動讀寫活動之環境（國教之友 48 卷 3 期，民 85.12.）

十、呂翠夏教授（台南師院）

1.中外兒童文學簡介（社教資料雜誌第 74 期，民 73.9.）

十一、林玫君教授（台南師院）

1.演戲或遊戲？——淺談幼兒創作戲劇（幼教資訊第 31 期，民 82.8.）

2.幼稚園中的創造性戲劇教學（台灣省國教輔導團八十二年度幼兒教育研習資料，民 85.10.）

3.創作性兒童戲劇入門（心理出版社第 31 期，民 83.6.）

4.讓想像飛翔—以幼兒為中心的兒童戲劇活動（成長季刊 6 卷 1 期，民 84.3.）

5.創造性戲劇在兒童教育上之應用（學習與成長第 7 期，民 84.6.）

6.兒童創造性戲劇之理論基礎（一九九五年中德日國際教

育研修會，民 84.11.)

十二、林朱彥教授（台南師院）

1.兒歌與童謠在唱遊教學中的運用（音樂教育季刊第 12 期，民 78.3.18.)

十三、施常花教授（成功大學）

1.台灣地區兒童文學作品對讀書治療適切性的研究（復文書局，民 77.8.)

十四、黃玉幸、王麗雪老師（喜樹國小）

1.兒童詩畫曲教學研究（台南市喜樹國小，民 70.12)

十五、張清榮教授（台南師院）

1.小布咕種稻記（洪建全教育文化基金會，民 65.4.)

2.夢（洪建全教育文化基金會，民 66.4.)

3.童詩三百首（自印本，民 66.8.)

4.嘓嘓雞（作文月刊社，民 69.4.)

5.咕咕歷險記（作文月刊社，民 69.4.)

6.杜甫傳（光復書局，民 74.8.)

7.兒童文學的饗宴（國教之友 501 期，民 75.5.)

8.童話欣賞與創作教學（國教之友 502 期，民 75.10.)

9.焰火、風箏、電動玩具（國教之友 503 期，民 75.12.)

10.中日兒童寫詩取向淺析（國教之友 504 期，民 76.10.)

11.如何說故事（國語日報，民 76.10.1，8）

12.精心編輯的龍文鞭影（國語日報，民 76.10.11，18）

13.被冷落的龍文鞭影（國語日報，民 76.10.25.）

14.《龍文鞭影》之兒童文學價值探析（台南師院學報二十一期，民 77.3.）

15.童詩創作論（台中師院兒童文學學術討論會，民 77.5.）

16.兒童文學理論與實務（供學出版社，民 77.8.）

17.到外婆家（愛智圖書公司，民 77.10.）

18.聽那蟬鳴（愛智圖書公司，民 77.10.）

19.記憶袋（愛智圖書公司，民 77.10.）

20.閃亮的日子（愛智圖書公司，民 77.10.）

21.兒童文學創作論（供學出版社，民 79.4.，民 80.9.改由富春公司出版）

22.童話美學初探——以〈金色的海螺〉爲例（嘉義師院兒童文學學術研討會，民 79.5.）

23.兒童詩歌的形式（台東師院語文學刊第四期，民 80.1.）

24.「兒童的音樂性」初探（中華民國兒童文學寫作學會會刊第七期，民 80.1.）

25.風向雞（童話）（兒童文學雜誌第一期，民 81.1.）

26.「兒童歌謠」欣賞與創作教學之研究（高雄師大第一屆國語文教學研討會，民 81.5.）

27.少年小說「情」字如何寫（台東師院兒童文學學術研討會，民 81.6.）

28.童話形式論（中華民國兒童文學寫作協會會刊第八期，民 81.11.）

29.兒童文學與親職教育（台南文化中心，民 81.11.）

30.談改寫——以〈奇異的種子〉為例（高雄師大第三屆國語文教學研討會，民 83.4.）

31.由〈白水素女〉故事的演變談民間故事的研究範疇〈台南師院國語文通訊第八期，民 83.6.〉

32.敦煌文學的「擬人童話」初探（台南師院語文會刊第八期，民 84.6.）

33.談「異類姻緣」的民間童話質素（中國民間文學學研討會會刊第四期，民 84.12.）

34.少年小說寫作論（供學出版社，民 86.4.）

35.「兒童歌謠」寫作教室(1)（國教之友 549 期，民 87.6.）

36.「兒童歌謠」寫作教室(2)（國教之友 550 期，民 87.10.）

37.「兒童歌謠」寫作教室(3)（國教之友 551 期，民 87.12.）

38.「兒童歌謠」寫作教室(4)（國教之友 552 期，民 88.4.）

39.「兒童歌謠」寫作教室(5)（國教之友 553 期，民 88.7.）

40.「兒童歌謠」的歧出現象（台南師院語文會刊第十二期，民 88.6.）

41.「兒童歌謠」寫作漫談（台南師院進修部課務組出版，民 88.8.）

肆、兒童文學獎項得獎紀錄

一、徐士欽（台南市立人國小教師）

1.雨後（第四屆洪建全兒童文學獎童詩組佳作）

2.窗外、小流浪者（第六屆洪建全兒童文學獎童詩組入選）

3.棒棒糖真棒（第十五屆洪建全文學獎兒歌組優等獎）

二、鄭文山（台南市日新國小教師）

1 童詩三十（第十四屆洪建全兒童文學獎兒童詩組首獎）

三、王萬清（台南師院教授）

1.聽著走進童話世界（民國六十五年「教育部文藝創作獎
兒童文學類」散文組佳作）

四、張清榮（台南師院教授）

1.小布咕種稻記（張清榮文・陳文龍圖，第二屆洪建全兒
童文學創作獎「圖畫故事」組佳作）

2.夢（第三屆洪建全兒童文學創作獎童詩組第一名）

2.春姑娘來了（民國六十五年「教育部文藝創作獎」童詩
類得獎）

4.橋（民國六十六年「教育部文藝創作獎」散文類第四名）

五、黃金李（台南師專學生）

1.媽媽的心（民國六十九「教育部文藝創作獎散文類」第
一名）

六、吳明瓊（台南市新南國小教師）

1.流水（民國七十三年第三屆柔蘭獎兒童詩歌組佳作）

2.美之旅（民國七十五年第一屆鳳凰城兒童文學創作獎童
話類第一名）

七、楊素妹（台南市成功國小教師）

　　1.河水（民國七十六年第二屆鳳凰城兒童文學創作獎童詩
　　　類第一名）

八、陳正恩（台南市長安國小主任）

　　1.一九九五水鴨旅程（民國八十五年第九屆台灣省兒童文
　　　學創作獎童話首獎）

九、張清榮指導南師學生於各項兒童文學獎得獎紀錄：

　　1.台灣省政府教育廳兒童文學創作獎

　　　(1)第一屆（民國七十六）項目：童話
　　　　第三名：沈伊玲。優等：蘇閔微、劉雅惠。佳作：楊
　　　　春城。
　　　(2)第三屆（民國七十八）項目：少年小說
　　　　佳作：夏慧珍。
　　　(3)第七屆（民國八十二年）項目：少年小說
　　　　佳作：葉萬全、許淑月、陳美媛。
　　　(4)第八屆（民國八十三年）項目：少年小說
　　　　入選：蕭美齡、李思霈。
　　　(5)第九屆（民國八十四年）項目：童話
　　　　入選：施麗玉、黃桂蓮、吳金石、廖炳焜（此四人為
　　　　進修部學生）。

　　2.教育部師院生兒童文學創作獎

(1)第一屆（民國八十三）項目：童話

佳作：葉萬全、吳再興。

(2)第二屆（民國八十四年）項目：童話

佳作：吳再興、薛夙芬、薛惠錦。

(3)第三屆（民國八十五年）項目：兒童詩、兒童歌謠

兒童歌謠類優等：胡博仁。佳作：蕭雅萍、陳育菁、王
昱祺、許鴻元、萬振松、曾莉婷、邱惠琇、王怡雅、朱
繪文。

(4)第四屆（民國八十六）項目：兒童詩、兒童歌謠

兒童詩——首獎：楊智豪。優等；陳育菁。佳作：黃于
珊、陳矜欣、洪純敏、方賓秀、王立衍、林惠貞、李姿
慧、李姿蓉、許鴻元。

兒童歌謠——優等：林玉思、楊智豪。佳作：吳銘惠、
陳益連。

(5)第五屆（民國八十七年）項目：兒童故事、寓言

兒童故事——優等：許華書。佳作：許鴻元、劉萱萱、
蔡明錡、洪巽盈、林秀霙、吳鋆益。

寓言——佳作：陳育菁、洪嘉瑩、楊智豪、陳韻如、陳
益連。

(6)第六屆（民國八十八年）項目：童話、童詩

童話——佳作：張詩怡、甘景瑜、黃玉如、劉藝菁、黃
禎閔。

童詩——佳作：吳仲堯、陳姿妃、張詩怡、蔡佳倫、劉
萱萱。

3.陳國政兒童文學新人獎：

(1)第一屆（民國八十二年）童詩佳作：黃貴蘭。

(2)第二屆（民國八十三年）童話第三名：陳靜嫻。

4.台灣省政府教育廳幼兒語文科教材徵文：

(1)第一屆（民國八十三年）兒童歌謠第一名：吳念芝（進修部夜間幼教系學生）。

5.一九九二年海峽兩岸童話徵文：

優等：翁心怡。

6.高雄市兒童文學柔蘭獎：

(1)民國七十六年童詩佳作：莊千慧。

(2)民國七十八年童詩類佳作：林巧評、彭慧莉、劉冠蘋。

伍、結語

　　台南市雖然台北較遠，某些全國性的兒童文學活動，府城的教授、老師、作家們無法前往活動參加，但憑藉著於兒童文學的喜好以及推動的熱誠，在兒童文學的教學、寫作及鼓勵學生參加各層次的比賽，成績斐然。由此可知，台南市的專家、學者們並未在兒童文學園地上荒廢耕耘。至盼在原有的基礎上，府城的兒童文學工作者能勤加耕耘，使得果實更加豐碩。

　　感謝兒童文學的前輩林守爲教授、吳鼎教授的拓荒，中壯一代張清榮教授、李漢偉教授、張淑娥教授、鄭文山老師、蔡錦德老師、吳明瓊老師、陳正恩老師的賡續經營，台南市的兒童文學能呈現繽

紛燦爛的局面。

　　更感謝台南市政府教育局，陳朝陽校長、吳明瓊校長在行政工作方面的推動，歷次的兒童文學研習活動，都是促進府城兒童文學活動不可忽視的動力。

高雄市兒童文學史初稿

蔡　清　波

高雄市兒童文學史初稿　247

高雄市兒童文學史初稿

❖蔡清波

壹、前言

　　兒童文學在寶島蓬勃發展，五彩繽紛的活動，在全國各地開展，使這塊尚未引人重視的園地，終有開花結果的時刻。在全國地區中，兒童文學團體成立最早的地區是高雄市，遠在民國六十九年陳梅生博士接掌高雄市教育局長時，即和當時熱愛兒童文學的河濱國小校長許漢章先生共同商議，成立兒童文學社團。民國 69 年 5 月 30 日許漢章校長承辦高雄市兒童文學研究會，在會中提議成立申請高雄市兒童文學寫作學會，獲得在場參加研習會的老師贊成通過提出申請。民國 69 年 11 月 19 日許校長在河濱國小校史室召開發起人籌備會議，研究組織章程，推選陳梅生、許漢章、林仙龍、陳玉珠、黃炎山、陳傳銘、黃瑞田七人為籌備委員，許校長為召集人，積極推動成立大會事宜。民國 69 年 12 月 10 日假河濱國小清吉文康中心召開第一屆第一次會員大會，出席 57 人通過組織章程，選舉陳梅生、許漢章等十五人為理事，傅振興為監事，理事會中推舉陳梅生為第一屆高雄市兒童文學寫作學會理事長，此為中華民國地區兒童文學社團正式成立之濫觴。由於陳理事長公務繁忙，學會事宜均由總幹事許漢章校長主特。

　　高雄市兒童文學寫作學會成立前，高雄市的兒童文學活動早已有之。當地出版的《台灣新聞報》在每週日提供「兒童之頁」讓小朋友有發表作品的園地，也讓兒童文學創作者發表童話、謎語等作

品，播下兒童文學的種子，在兒童文學的園地有推波助瀾的效果，使南台灣兒童文學的種子能發芽、茁壯、成長，成為一片萬紫千紅、五彩繽紛的花園。

在高雄市兒童文學發展貢獻較大的有高雄市立中正文化中心，在每年文藝季活動中，加入兒童文學的活動，擴及影響全市。高雄市政府教育局對兒童文學的提倡不餘遺力，尤以陳梅生局長非常重視，首先在甄試國小教師時，加開兒童文學專長教師，筆者剛由板橋兒童文學班受訓回來，即參加甄試，獲兒童文學專長教師進入高雄市，後於 71 年 4 月 4 日創辦高市兒童刊物。同時高市兒童文學寫作學會也於民國 70 年 9 月 24 日訂定柔蘭兒童文學獎辦法公開徵求兒童文學作品，並於 71 年 1 月頒給第一屆得獎人員。同年出版蒐集柔蘭兒童文學獎作品之專輯，訂名為《兒童文學》第一輯。引起全國廣大的注目及迴響。

中華民國兒童文學學會於 73 年 12 月 23 日成立，許漢章校長與筆者均為籌備委員並參加當日成立大會，代表南部地區參加理監事選舉，可惜未能入選，否則以許校長對兒童文學的熱愛，當將推展之經驗，展示於全國，並會加速南部地區兒童文學的擴展工作。

在高雄地區的電台，對於兒童文學的推展，更是熱情有加，中廣高雄台、復興廣播高雄台、高雄電台、白雲廣播電台…等均有兒童節目的製播。個人創作作品在高市出版的甚為豐富，出版社在高市大力推銷提倡，消弭高市是文化沙漠的惡名。早期的大眾書局，至近日崛起的愛智圖書公司、復文書局等均大量出版兒童文學作品及理論學術論著。社團中，港都文藝學會，慈恩基金會、古典詩詞學會等，舉辦各類的兒童文學講演、文藝營，及相關兒童文學活動。

兒童劇的發展在高市有媽咪兒童劇團專演兒童劇。全國首創的高雄市兒童福利服務中心，更定期舉辦兒童文藝營、兒童讀書會等活動，風箏童詩社也以高雄縣市為主軸的老師所成立的同仁刊物，在高雄地區兒童文學的發展是活躍、可觀的。

貳、發展概況

高雄市發展兒童文學活動甚早，位於五福四路的大眾書局，早在民國五十年代即陸續出版兒童文學書籍，後來復文書局出版有關兒童文學理論書刊，七十年代後起之愛智圖書公司出版兒童文學和幼教圖書為大宗，於今佔全國市場相當重的比率。現在介紹幾個重要活動：

一、高雄市兒童文學寫作學會正式成立：

民國七十年一月十日，高雄市兒童文學寫作學會正式奉高雄市社會局社團登記立案通過設立，並頒授印信正式啓用，為中華民國地區最早的兒童文學社團。並設立兒童文學柔蘭獎，至今已經舉辦過十屆，此基金由巫水生醫師提供，以其妻林柔蘭為名而設置，培養本市不少兒童文學作家。

二、高雄市文藝季兒童文學活動：

高雄市文藝季於民國 69 年開始，每年固定舉辦行文藝季活動，常設有兒童文學講座、座談會項目。第五屆文藝季，策畫兒童文藝週系列活動，有拜訪書之家、兒童讀物等活動。更於 75 年在曾文活動中心舉辦兒童文學教師研習營，推展高市兒童文學不遺餘力。

三、高市兒童創刊：

　　高雄市兒童文學寫作學會成立後，陳梅生局長就極力促成高市
兒童刊物的成立，首先在首次理監事聯誼會中提出出版《今日童友》
雙月刊，後因編務太過於龐雜，而籌備成立一年一期的《高市兒童》，
終於在七十一年四月四日由許漢章校長主編，蔡清波執行編輯後正
式創刊，陳局長在序言中祝福著：「春天的訊息，已傳達到大地的
每個角落，高市的文化水準，也正在成長，更需要我們去關愛、去
呵護。」如今十幾個年頭了，《高市兒童》依舊每年出版一期。

　　四、慈恩兒童文學研習會：

　　民國 67 年，高雄市宏法寺辦釋開証法師，成立財團人法人佛
教慈恩育幼基金會，民國七十年八月十七至廿二日在台東縣大武鄉
紫雲寺舉辦「第一屆慈恩兒童文學研習營」，以兒童讀物為主，接
著在台南市妙心寺舉辦「第二屆慈恩兒童文學研習營」，以童話及
插畫為主題，接著第三屆，在佳冬慈恩寺辦童詩、兒歌童謠為主題
的研習，第四屆也是在佳冬慈恩寺辦少年小說營，第五屆以兒童圖
畫書創作營為主，第六屆在關子嶺以兒童圖書班級論輯學為主。六
屆成果豐碩，出版慈恩兒童文學論叢(一)的書籍，為慈恩兒童文學
研習營劃下完美句點。

　　五、校內兒童刊物產生：

　　校內刊物以校刊為主，均刊有兒童文學作品。服務於前鎮國小
的林仙龍老師率先以掌門之名出版《小詩人》，刊登小朋友童詩作
品為主，其創刊於 70 年 6 月 1 日後陸續出版五冊。其轉到龍華國
小，即改名為《小快樂島》，繼續出版童詩作品集，後再到內惟國
小就出版《風之影》。除童詩作品外，尚有「名家開講」等系列散

文作品出現。而高市報紙刊物，裝訂本刊物舉辦校際比賽、兒童文學作品常有高水準表現。

　六、報紙雜誌的版面：

1.台灣新聞報，每週日以＜兒童之頁＞出版，後改為青少年版。

2.高雄市政週刊：(現已停刊)，出現整個兒童作品版面。

3.高市兒童：每年由教育局提出經費印刷一本。

4.台灣時報：兒童版以兒童作品及成人創作為主。

　　　　　民國七十二年四月曾舉辦當代童話創作展收集 30 篇兒
　　　　　童文學作品。

5.太平洋日報：(現已停刊)曾出現有版兒童文學作品。

6.國際兒童週刊：75 年 6 月創刊，為彩色兒童刊物，內容豐富有許
　　　　　多兒童文學作品，可惜不久即停刊。

　七、高雄市文藝獎：

　　高雄市文藝獎中，設有兒童文學類。其中戲劇劇本中，又有兒童劇劇本，獎金有八萬元；十萬元至今二十萬元。至今已過十八個年頭，培育不少高市及南部兒童文學人才，其得獎作品建入高市文學作家檔案中。另以兒童為主的獎項，曾舉辦第一屆兒童寫作明善獎。由高市明善天道院贊助，及余吉春童詩創作獎三屆，帶動兒童寫作風氣。

　八、高雄師大兒童文學專題研究：

　　高雄師大國文研究所應裕康博士曾於國研所四十學分班中，講授民間文學、故事及童話、童謠的理論與創作；並規定分組提出報告，如童話與笑話等，讓研究所學員專題研究報告，帶動研究兒童

文學之風氣。

九、高雄市兒童福利服務中心：

高雄市率先成立兒福中心於九如路，服務全市兒童，經常舉辦兒童福利研習班，而兒童文學是其最常主辦之活動，每年均定主題，如童話、童詩、兒歌等混合一起舉辦多項化的兒童文學營。每年參與同學，報名踴躍，常有向隅者，其講師爲翁萃芝、林仙龍、蔡淸波、陳永良、林加春等名家，對教授兒童文學種子，盡了最大心力。

十、兒童讀物巡迴展：

民國 52 年在高雄市即成立兒童圖書館，陸續舉辦童讀物展。民國 64 年美國新聞處在高市舉辦過美國兒童讀物展，後來在高市每年幾乎有全國讀物展，包括許許多多的兒童文學書籍展出，內容十分豐富。

十一、兒童戲劇

常在高雄演出的劇團不少，而以演兒童劇爲主的有媽咪兒童劇團，其常在高雄市舉行不定期之公演，每次演出常造成轟動，推廣劇教，更是不遺餘力。

十二、電視、電台節目：

中廣高雄台：每星期日有兒童廣播節目。
高雄電台：每週日也有兒童廣播節目，包羅萬象。
警察廣播電台：週日有兒童時間，排定兒童節目。
復興廣播電台：週日排定兒童節目。
民視電視台節目豐富，兒童節目更是不少。

參、港都兒童文學特色

　　高雄市兒童文學發展十分蓬勃，除了有全國首先成立的第一個兒童文學團體----高雄市兒童文學寫作學會外，更有高市文藝獎、教育局舉辦的高雄市教師兒童文學營等。在它們的帶動之下，使從事兒童文學創作的作者出現了不少，也帶動了整個兒童文學界互相觀摩切磋的機會。同時，以出版學術書籍為主的高雄市復文書局，也印了許許多多的兒童文學書籍，如李慕如的兒童文學綜論等。由於陳梅生博士的推動，及許漢章校長的領導下，使兒童文學在高雄市有一段風風光光的歲月，許漢章校長因病去逝後，比較為冷寂，希望這股風氣能夠再度豐盛，相信我們會再創作出更好的作品來。

彰化兒童文學的天空

林　武　憲

彰化兒童文學的天空

❖ 林武憲

壹、前言

　　彰化舊名「半線」，又稱「磺溪」，於一七二三年設縣，改名「彰化」，成為台灣中部地區政經交通中心，由於彰化普設書院、社學、義學，因此文風昌盛，名聞全台。清代台灣進士三十一人，彰化就有八人，為全台各府縣之冠。清代的詩社，全台有三十四社，彰化有十六社，幾乎占了一半，所以從清領時期開始，再經日治和戰後，彰化藝文人才輩出，可說是獨步全台。在台灣新文化、新文學的發展上，彰化的地位，也非常重要。台灣白話文運動的開路先鋒－黃呈聰，是彰化線西人，台灣新文學「詩」和「小說」創作的開山祖謝春木、施文杞是彰化二林，鹿港人。台灣新文學之父－賴和，也是彰化人。賴和、謝春木、陳虛谷、楊守愚、王白開、翁開，為台灣的新文學建立基礎。前衛出版社出版《台灣作家全集》短篇小說卷五十鉅冊，從日治時代賴和到戰後第三代的李昂，一共有五十七位作家，彰化縣就占了九位，比台北縣市來得多，這可以證明彰化縣的文學，對台灣近百年文化發展重大影響。

　　彰化豐饒的文學土壤，培植了很多作家。這些作家，有的只寫成人文學作品，如林亨泰、施叔青；有的偶爾也為孩子寫點東西，如林文月、李昂。也有的為孩子寫作或翻譯為主，如嶺月、陳木城。

這些作家，有的雖然到外縣市發展，還是常常寫故鄉的人和事，如洪醒夫，如嶺月，就以讀彰化女中的校園生活為背景，寫《老三甲的故事》，如陳木城寫《陸嘉村的孩子》。心靈上，他們是永遠的「彰化人」。彰化的作家，為兒童文學創造了一片廣闊的天空。

貳、活動與出版

彰化縣在兒童文學研習會的辦理方面，做得很少。自民國六十一年起到八十七年止，辦理過八次。每次都是利用週三下午進修時間舉辦。民國七十五年第三期，由江佩玉策畫，是規模最大的一次，師資陣容最堅強，連續九週，請林良、馬景賢、陳正治、傅林統、許漢卿、劉錦得、林武憲等授課，學員的創作，印成《春天的小雨滴》一書。

民國八十二年起，由利明盛校長主辦，地點在文德國小，第四次，請渡也講「文學與社會」，林文寶講「兒童文學的特性」，蔡尙志講「如何指導童詩教學」，劉瑩講「兒童文學與校刊編輯」，出版《彰化縣兒童文學專輯》。

民國八十三年，請杜榮琛講「童詩花園」，趙天儀講「童話創作技巧」，王明通講「散文原理技巧」，許建崑講「少年小說」。

民國八十四年，由劉錦得講「少年小說創作與欣賞」，張仁川講「童話創作經驗」，劉正盛講「童詩寫作經驗談」，林武憲講「兒歌的認識與改寫」。

民國八十六年，研習地點改在東芳國小，由杜榮琛講「拜訪童

詩花園」，張仁川講「童話創作指導」，劉錦得講「談少年小說創作」。

民國八十七年，還是由利明盛校長主辦，在東芳國小研習，出版第五本《彰化縣兒童文學專輯》。

彰化縣於民國七十六、七十九年及八十二年起，舉辦全縣國小師生童詩、童話比賽，並出版專輯。

除了老師的研習以外，也有為小朋友舉辦的文學營，以八十三年為例，寒假有日新、曉陽、伸東聯合舉辦，連續五天，二年級到六年級，由劉錦得、劉正盛、張仁川、林生源、邱麗娃、陳文和、洪明財、陳慶國、蔣秉芳、柯文吉、楊振啓、郭念榕，教小朋友寫詩、童話、故事等。暑假的時候，花壇、新港、伸東也聯合舉辦文學營，針對二年級到五年級安排課程，如劉正盛的「我會做一本書」、「語文趣味遊戲」、馬君宜「大家來寫故事」、劉錦得「剪貼作文」、陳文和「我會寫童詩」、柯文吉「怎樣修辭」、林武憲「童詩欣賞與創作」。

平和國小也利用連續數年假日辦文藝研習營，針對一至六年級，請杜榮琛、林生源、江佩玉、黃天壚、劉正盛、劉紹元、巫仁和、黃素珍、莊淑美、葉慧娟、張仁川等講課。每年學生參加研習寫的作品，附上賞析，印成約三百頁的校刊，成效很好。由於校長王清對語文的重視，該校有語文錦標賽，每年都會把學生在校外報刊發表的文章編成兩三百頁的《童心童聲》，現在已經出到第八集了。

　　民國八十六年春天，在文建會的支持下，舉辦彰化縣親子讀書活動研習營，由林武憲主持，利用五個週三下午，家長班的課程是康原「帶孩子念歌謠」、劉瑩教授講「怎樣爲孩子說故事」、譚德玉校長講「親子共讀」、楊淑華教授講「童話的欣賞與討論」、詩人吳啓銘講「詩歌的欣賞與討論」。兒童班的課程是「詩的欣賞與寫作」、劉正盛講「散文的欣賞與寫作」，劉錦得講「讀書心得與筆記的寫作」、袁桂容講「詩歌散文的美讀」，洪志明講「童話欣賞與寫作」，反應很好。

　　彰化縣社教館於民國七十七年起，舉辦中部五縣市的童詩比賽，連續三年，優勝作品一共有一百四十三篇，加上賞析，印成一本《兒童都是一首詩》。

　　鹿港國小藉全國民俗才藝活動的舉行，由施國雄企畫，林武憲協助，辦理全國兒童詩創作比賽。民國八十三年，以「端午節」爲題材，收到兩千多件作品。第二年以「愛護動物」及「愛護環境」爲題材，收到近三千件作品。第三年，低年級以「如果我是一」，中年級以「我做了一個美好的夢」，高年級以「樹」爲題材，收到五千多件作品。第四年，低年級以「鳥」，中年級以「窗子」，高年級以「天空」爲題徵選作品，收到一萬多件作品。評審有薛順雄、岩上、許建崑、林廣、康原、施坤鑑等。每年入選作品，都由鹿港國小編印專輯出版。可惜因經費緊縮，八十七年就停辦了。

　　民國七十九年十二月，周清玉縣長的時代，彰化的兒童雜誌《智

慧果》創刊了，每年發行五期，爲全縣的師生提供一個發表的園地。

參、作家與作品

　　彰化縣的兒童文學人才很多，有創辦《中國兒童週刊》的蘇耕斌，創辦《滿天星兒童詩刊》的洪中周。有曾任台英社主編的林朱綺，編過《小樹苗》，《小小牛頓》的許玲慧，東方出版社主編李黨，曾任天衛編輯的侯秋玲，編過台中市《兒童天地》的吳麗仙。

　　這裏簡介一些作家與列出編著書目：

　1.嶺月

鹿港人，曾任中華民國兒童文學學會監事。創作與翻譯並重，著譯約一百七十本，榮獲文藝獎章，兒童讀物金龍獎，重要作品有《快樂的家庭》、《跟年輕媽媽聊天兒》、《老三甲的故事》、《少年偵探》、《誰來要我》、《小女超人》、《小子立大功》等。

　2.巫仁和

埔心人，曾獲語文獎章。著有《好文章哪裡來》新生報，70 年 4 月、《烏鶖與村童》新生報，70 年 10 月。

　3.劉正盛

埔鹽人，曾獲洪建全兒童文學獎第一名，教師楷模「樹人獎」，作品譯成韓文，轉載於大陸刊物，選入《世界華文兒童文學選》等。著有《豆藤會寫字》(童詩集)彰化文化中心，83 年、《最後的龍》教育廳、《玩具總動員》教育廳、《語文遊戲真好玩》螢火蟲出版社，87 年 6 月。

4.林武憲

伸港人，致力於語文教育和兒童文學的創作、研究及評論，收藏很多兒童文學史料、作家原稿，曾獲文藝獎章及中華兒童文學獎，著作有《我愛ㄅㄆㄇ》、《安安上學》、《兒童文學與兒童讀物的探索》等 40 冊，現任國小國台語教科書編審委員及中華民國兒童文學學會常務監事。

5.洪中周

芬園鄉人，曾任台灣兒童文學協會總幹事，創辦《滿天星兒童詩刊》，先後出版《兒童詩欣賞與創作》、《和詩牽著手》、《母鴨帶帶小鴨》及少年小說《皇帝的艦隊》。

6.劉錦得

現任國小校長，曾獲語文獎章及教育部文藝創作獎第一名，著作有《田野四拍》、《春風集》、《祝福的花朵》、《零時的歌》、《夢裡的微笑》、《阿成的暑假》、《我的歌》、《錦繡人生》、《斑鳩向我呼喚》等15 本。

7.陳木城

埤頭鄉人，現任國小校長，國語課本編審委員，中華民國兒童文學學會常務理事，曾獲洪建全兒童文學創作獎童詩、兒歌第一名、金龍獎等，著作有《童詩開門》、《童詩的祕密》、《會飛的雲》、《搗蛋小球》、《會思考的孩子》等一百多冊，曾應邀到菲律賓講學，對兩岸兒童文學交流貢獻很大。

8.陳瑞璧

芳苑人，曾任國小代課教師，曾獲教育廳兒童文學創作獎佳作及優
等獎，九歌少年小說獎第一名。著作有《吃煩惱的巫婆》、《下頭伯》、
《兩隻小豬》。

9.邱金利

著有《水晶宮殿》彰化文化中心，82 年。

10.張平飛

員林人，現任國小教師。著有《長不大的太陽》彰化文化中心，82 年。

11.陳文和

現任社頭國小教師，曾獲洪建全兒童文學獎佳作、月光光獎、兒童
詩指導獎，編著有《童詩上路》、《電燈泡》、《童詩隨手包》、《優等
生國小作文》。

12.利明盛

現任國小校長，編著有《小可愛》、《小星星》。

13.許扶堂

現任田中國小教師，曾獲民生報海峽兩岸少年小說童話徵文童話組
佳作，第二屆陳國政新人獎童話組第一名，教育廳兒童文學創作獎
少年小說佳作，作品選入各種專輯。

14.蔡榮勇

北斗人，現任台灣兒童文學協會理事，曾主編滿天星兒童文學雜誌，
榮獲語文獎章，月光光指導獎。編著有《春天的隱身術》、《童詩賞

析》、《讀詩學作文》等二十二冊。

15.朱錫林

田中人，現任國小校長，經常主辦兒童文學研習活動，著有《童心童語》、《心靈的呼喚》、《國小科學作文》等。

16.許玲慧

曾任《小樹苗》，主編《小小牛頓》副總編輯，著有《小老鼠探險記》、《小工具幫大忙》、《紅番茄》等。

肆、彰化兒童文學發展的特色

一、小學老師扮演了重要的角色

小學的語文教育，基本上是在進行兒童文學教育。老師自己充實和參加研習充電以後，加強了兒童文學修養，從事創作、研究及教學，指導學生創作，鼓勵學生向外投稿，在兒童文學的發展上，扮演了相當重要的角色。

二、學生踴躍投稿，見報率高，出版很多專輯。

報章雜誌上，彰化縣學生作品的見報率很高。台灣省國教研習會出版的「小龍兒---國小兒童作品一百篇」，彰化縣已出版者有民生國小、平和國小、永靖國小、湖東國小諸校。平和國小還每年把發表作品印成《童心童聲》。劉正盛、張仁川指導的學生參加各種徵文，得過很多第一。蔡榮勇老師在田尾國小任教五年，學生發表的兒童詩，超過五百首，很可惜沒有印成專輯。

三、詩歌教學成果豐碩

民國七十年十一月，教育廳下令各縣市國民中小學推廣詩歌教學，配合生動活潑教育的推行，爲兒童詩的教學與創作，增添一股助力。彰化縣頂番國小、鹿港國小的詩歌吟唱，全國聞名，常常應邀表演，各縣市也經常前來觀摩。七十一年六月，鹿港國中許漢卿老師編著的《童謠童詩的欣賞與吟誦》，由教育廳出版，列入國教輔導叢書，鹿港國小施國雄老師也把鹿港童謠、民歌、古詩譜成曲，編印成《鹿港歌謠·詩吟》出版。新港國小於七十年十一月出版林武憲指導的《新苗兒童詩集》，湖南國小於七十二年十一月出版利明盛老師指導的兒童詩創作集《小可愛》，七十三年又出版利老師編著的童詩教學研究專輯《小星星》。湳雅國小的陳文和老師也於七十五年、七十六年出版《童詩上路》和《電燈泡》。成果最豐碩的田尾國小卻沒有出書，非常遺憾。另外，施坤鑑老師也出版《弘道童詩百首》。

四、獲得文化中心的肯定與支持

歐美國家認爲，「沒有兒童文學的文化，不能稱爲真正的文化。」，日本也非常重視「兒童文化」。台灣的文化界、文學界還沒有體會到兒童文學在國家發展中的重要性，並沒有把兒童文學當作是現代文學不能缺少的一部分，也沒有把兒童文學當作是國家文化中很重要的一環。彰化文化中心是比較有眼光的。康原編著，文化中心編印的《文學的彰化---彰化縣新文學作家小傳》中也介紹了林

武憲、洪中周和巫仁和，在《彰化縣作家資料檔案摘要》中，又增加了陳木城和嶺月的資料。在彰化縣作家作品集裡頭，兒童文學方面的有下列各書：

《兒童文學與兒童讀物的探索》林武憲

《水晶宮殿》邱金利

《長不大的太陽》（童詩）張平飛

《豆藤會寫字》（童詩）劉正盛

《吃煩惱的巫婆》（童話、小說、生活故事、童詩合集）陳瑞璧

《台灣鄉土的神話與傳說》施翠峰

另外，彰化文化中心也出版了《彰化縣民間文學集》十冊，分成歌謠篇、故事篇、諺語謎語篇。民間文學是兒童文學的源頭，是兒童文學創作很好的養料。民國八十六年二月，在彰化文化中心舉辦的首屆台灣民間文學學術研討會裡，有幾篇跟兒童文學比較密切的像林真美的鄉〈「虎姑婆」考〉，王幸華的〈台灣閩南童謠形式探討〉，李福清的〈從民間文學觀點看台灣不農族神話故事〉，鄭恆雄的〈從語言學的觀點看布農族的神話與故事〉。

民國八十六年五月，施懿琳、楊翠合撰的《彰化縣文學發展史》出版，其中第四篇第五章第八節「兒童文學由瘦小而茁壯」，介紹了林武憲、劉正盛、洪中周、劉錦得、嶺月、陳木城、邱金利、巫仁和、陳瑞璧、張平飛等人，都有不同的小標題，篇幅有十幾頁。這是對兒童文學的肯定。

五、成人文學作家熱心為兒童寫東西

　　林文月為孩子改寫《聖女貞德》、《居禮夫人》、《南丁格爾》、《茶花女》、《小婦人》、《基督山恩仇記》（東方出版社），施翠峰寫少年小說《愛恨交響曲》、《青春頌》、《相信我》（青文出版社），心岱寫《水筆仔》（圖畫書　皇冠出版），李昂改寫的繪本台灣民間故事《懶人變猴子》、《水鬼變城隍》（遠流出版公司），劉靖娟為新生報編《愛說話的修鞋匠》、《偷星星的賊》、《句人送來紫羅蘭》，也為孩子寫《土地改革的故事》（近代中國兒童連環圖畫叢書之一）。另外，吳晟寫《向孩子說》，詹徹、廖永來、洪醒夫也寫了一些兒童詩。吳成的詩《負荷》，散文《不驚田水冷霜霜》編入國中國文課本，這是很難得的。此外，還有施懿琳寫《鹿港之旅》，康原寫《台灣囝仔歌的故事》等。

陸、結語

　　彰化縣的兒童文學人才很多，無論是創作、編輯、出版、活動、教學、研究、評論方面，都有良好的表現，但各人只是單打獨鬥力量分散了，並沒有人或單位把大家的力量集中、結合起來，做更多更好的事。大家可以互相切磋聯誼，或是集思廣益，研討怎樣增進家長、民眾對兒童文學的認識，怎樣提高教學品質，讓兒童文學真正的紮根、推廣。彰化的兒童文學研習會辦得太少，比很多縣市少得多，希望教育局、文化中心、社教館及各校，能多舉辦兒童文學研習會或讀書會、座談會、研討會。以充實老師的兒童文學修

養和培養更多的人才。

　　在學校方面，怎麼向外國借鏡，各校有駐校作家、文學週的活動，請作家到校園、到班級跟學生老師見面、談話，朗誦作品，跟師生討論、賞析，做經驗的分享，把文學帶給兒童，把兒童帶向文學，讓兒童喜歡看好書，真正落實文學教育，這可能也是我們今後要努力的一個方向吧。

◎　　本文的完成感謝利明盛、陳德雄、王清三位校長及劉正盛老師熱心提供資料。

附錄、編年紀事

民國六十年

　　1.林武憲奉派參加板橋國教研習會，研習結束後，開始從事兒童文學的播種推廣。

民國七十一年

　　1.許漢卿《童謠童詩的欣賞與吟誦》，教育廳編印，影響深遠。

民國七十五年

　　1.縣府辦理兒童文學研習，出版參加研習老師的創作選集《春天的小雨滴》。

民國七十六年

　　1.舉辦全縣國小師生童詩、童話創作比賽，出版專輯《彰化縣兒

　　童文學創作選（1）》

民國七十七年

　　1.社教館辦理中部五縣市童詩比賽

　　2.陳木城、林武憲擔任國立編譯館國語教科書編審委員。

民國七十八年

　　1.社教館舉辦中部五縣市童詩比賽。韓國李在徹主編《世界兒童
　　　文學事典》列入林武憲。

民國七十九年

　　1.彰化社教館舉辦第三屆中部五縣市童詩比賽，將三年來優勝作
　　　品集結出版。

　　2.舉辦全縣國小師生童詩、童話比賽並出版專輯。

　　3.彰化縣兒童的雜誌《智慧果》創刊號發行。

民國八十年

　　1.嶺月女士以彰女校園生活為背景的少年小說《老三甲的故事》
　　　出版，深獲好評。

民國八十一年

　　1.中國蔣風主編《世界兒童文學事典》列入林武憲、陳木城。

民國八十二年

　　2.舉辦兒童文學創作研習並辦理徵文比賽。

　　3.文化中心作家作品集出版，有林武憲《兒童文學與兒童讀物的
　　　探索》，邱金利《水晶宮殿》。

民國八十三年

　　1.鹿港全國民俗才藝活動，以端午節之民俗爲題，辦理全國兒童
　　　詩創作比賽，出版專輯。

　　2.辦理全國兒童文學創作研習集全縣師生童詩、童話徵文比賽並
　　　出版專輯。

民國八十四年

　　1.舉辦兒童文學創作研習及全縣師生童詩童話比賽，出版專輯。

　　2.鹿港國小舉辦全國兒童詩比賽，出版專輯。

　　3.嶺月寫彰化謝東閔先生的少年時代故事《有骨氣的台灣囝仔---
　　　阿喜》出版。

民國八十五年

　　1.鹿港國小舉辦全國兒童詩比賽，出版專輯。

民國八十六年

　　1.《彰化縣文學發展史》出版，有介紹彰化縣兒童文學發展概況，
　　　對於林武憲、嶺月、劉正盛、洪中周、陳木城、劉錦得、巫仁
　　　和、陳瑞璧、張平飛也有詳細介紹。

　　2.林武憲主持辦理彰化縣親子讀書營。

　　3.鹿港國小舉辦全國兒童詩比賽，出版專輯。

　　4.東芳國小主辦兒童文學創作研習及全縣師生童詩童話徵文，出
　　　版專輯。

民國八十七年

1.嶺月女士去世，譯著約 170 本。韓國刊出陳瑞璧作品並介紹。

2.東芳國小辦理兒童文學創作研習及全縣師生童詩徵文，出版專
　輯。

附錄一：
台灣區域兒童文學概述寫作格式

壹、前言

貳、發展概況

含過去、現在及發展過程中相關的人物、事件或機構、團體。

參、結語

發展的困境及未來的展望。

肆、附錄

編年記事。

附錄二：台灣區域兒童文學概述撰寫座談會會議記錄

一、時間：八十八年元月廿四日（星期日）下午一點至三點。

二、地點：台北市福州街十一之四號四樓會議廳

　　　　　(國語日報出版部)。

三、主辦單位：中華民國兒童文學學會

　　　　　　國立台東師範學院兒童文學研究所。

四、出席人員：台北縣代表：朱錫林；台北市代表：林淑英；新竹縣市代表：吳聲淼；台中縣市代表：洪志明；彰化縣市代表：林武憲；嘉義縣市代表：朱鳳玉；高雄市代表：蔡清波；屏東縣代表：徐守濤；澎湖縣代表黃東永。

五、列席人員：富春出版公司負責人：邱各容

　　　　　　會議紀錄：藍涵馨。

　　　　　　台東師院兒童文學研究所研究生：楊絢。

六、請假人員：宜蘭縣代表：邱阿塗；基隆市代表：葉永鳳；桃園縣代表：黃登漢；苗栗縣代表：杜榮琛；南投縣代表：郁化清；雲林縣代表：許細妹；台南縣市代表：陳玉珠；高雄縣代表：林加春；台東縣代表吳當；花蓮縣代表：葉日松；金門媽祖縣林媽肴。

七、主持人：林煥彰、林文寶。

八、報告事項：

1.中華民國兒童文學學會理事長林煥彰：

　　為了掌握更完整的有關台灣兒童文學的發展概況，去年過春節時，我曾經邀請每個縣市一位文友撰寫該縣市的兒童文學發展概況，其中已經有部分在會訊上刊登，有的還未交稿，希望每一個縣市都能有人寫出來。今年適逢「第五屆亞洲兒童文學大會」在台北召開，計畫配合將這些台灣兒童文學的概況專文編印成冊。當然，不能翻譯成外文，也不管目的是否在為亞洲兒童文學大會，至少也能讓本國的兒童文學界彼此觀摩、了解、激勵，為二十世紀台灣兒童文學的發展做一個總結，讓基礎發展更落實，面對未來二十一世紀新的兒童文學的另一個世代，有更好的發展。今天召開這個座談會的目的，是想藉這個機會，大家交換意見，達成一個共識，在撰寫上，有一個統一的架構；已經寫好的，可依共識的格式進行調整、修改或補充；尚未撰寫的，就照大家討論獲得的架構進行撰寫。並希望在今年四月底以前完稿，請林文寶所長彙編。請大家幫忙，為台灣兒童文學界共同完成這件有意義的事。關於撰寫體例的構想，請林所長說明。

2.台東師範學院兒童文學研究所所長林文寶：

　　首先，歡迎並且謝謝各位專程從台灣各縣市趕過來參加這個會議。目前我手邊有國科會補助「台灣地區兒童文學史料的整理與撰寫」專案，這要在三年內做完是有困難。但是，至少第一年我希望能做到整合的工作。就台灣兒童文學史的收集，針對指標性的人、事、物，寫出來的體例出入很大。所以我希望藉著這次開會，大家能達成共識。其中，吳當已經依我們擬訂的體例寫出台東縣的部

分，刊登在台東文獻中。分三大部份，一、前言，二、發展概況，三、結語，最後附上編年記事，全文不要超過二萬字，台灣地區兒童文學史料是很貧乏，資料的搜集也很困難，可以針對當地的教育局、社教館、學校、文化中心等進行訪談。

3.富春出版社負責人邱各容先生：

大家都知道我曾經寫過一本《兒童文學史料初稿 1945-1989》，就我個人而言我可以提供一些我當時寫作的一些經驗，在當時我為了查證孟羅・李夫先生受邀來我國的時間，曾經分別問過林良、馬景賢先生，林海音女士，所得到的都是「可能」、「大約」等答案，最後才在林海音一本書的後記中發現正確的時間且還找了當時的報紙來做印證。可見資料搜集的不易，尤其是時間連一點差距都不行。送給大家一句話就是「一路追蹤」。

4.台北市代表林淑英：

我是接到通知來參加才知道這個會議，肩負重責大任，以往我接觸到的都是做一些兒童文學研習的課程安排經驗，我本身是一個國小老師，主要擅長的還是語文科，尤其是作文教學，這次這個有關「台灣地區區域兒童文學概述的撰寫」不知道自己能否勝任，實在惶恐。

5.彰化縣代表林武憲：

就澎湖縣的兒童文學概況，除了張子樟教授，現任花師語教系教授外，寫少年小說的李潼也曾經在澎湖當過兵，且以澎湖為背景

寫了一本《再見天人菊》也曾經榮獲洪建全獎，這也是一個可以參考的指標。

6.屏東縣代表徐守濤：

就我已經寫好的《屏東縣兒童文學概況》來講，當初黃基博很細心都標示好了，我為了呈現原作的精神，所以就原封不動的把它放進去。如果照上面的撰寫格式來講，這個部分可能要放到附錄年表裡。

7.嘉義縣代表朱鳳玉：

我有一個提議，我們這個計畫，各人可以就近跟當地的文化中心申請經費，各地的文化中心現在很重視這一類的工作，申請應該不成問題。

◎結論：

就地方來講，有些地方可以寫兩萬個字，有些地方甚至連寫一萬個字都有困難。重要的是多注意指標性人事物，並依統一的體例來抒寫。希望全部能在今年四月底前完成，完成後先寄一份給會訊刊登，寄一份複本給東師兒文所，最好寄磁碟片。範例可參考吳當的那篇文章(請吳聲淼老師影印先寄給每一位撰寫人參考)。

另外，擬增新竹市請李麗霞小姐、台南市請張清榮教授、台中縣請劉正美小姐將縣市分開撰寫。會後並一併郵寄會議紀錄供未出席者參考。

九、散會。

附錄三：台灣區域兒童文學史料的整理與撰寫座談會

時間：中華民國八十八年四月十三日下午 1:30~3:00

地點：國立台東師範學院兒童文學研究所

主席：林文寶　　　　　　　　　記錄：吳聲淼

林芳妃	郭鈴惠
林宛宜	廖素珠
廖麗慧	郭鍠莉
嚴淑女	吳文薰
蔡佩玲	洪曉菁
邱子寧	洪美珍
彭桂香	游鎮維

主　席：

　　爲了迎接一九九九年八月，第五屆亞洲兒童文學大會在台北召開，所裡和中華民國兒童文學學會合作，邀請各縣市兒童文學工作者，分別撰寫介紹各縣市兒童文學近年來發展概況之專文，第一次協調會已於一九九九年元月廿四日於台北市中華民國兒童文學學會舉行，今天我們在東師兒文所舉辦「台灣地區兒童文學史料的整理與撰寫座談會」，將各位對於區域兒童文學的看法發表出來，做爲編輯《台灣區域兒童文學概述》參考意見之用。

林宛宜：

　　具地域色彩的文學作品研究和相關討論，在世紀末愈發增多，在各個不同場域中生成的兒童文學，此方面該注意的應是搜齊該地作品、訪問兒文界耆老，藉以建立出完整的兒童文學史、斷代史、通史、類別史等之外，再多添這一個觀察面向。

郭鈴惠：

　　歷史，猶如一條長河，然而，此長河卻是涓滴所凝聚而成。因此，這條區域兒童文學史長河的建構，應從「走動」搜集各方史料著手。如走訪指標性早期兒童文學作家、兒童文學活動事件、兒童文學寫作協會或研習班（營），蒐集兒童文學相關讀物、論著……，採集彙整各項兒童文學徵獎活動記錄及作品等。如此一來，自然能由史料的彙集而點線面的拼組成一幅完整的區域兒童文學史圖像！

廖素珠：

　　就多元文化而言，區域文學是在文學領域多一分地方色彩，多

一點鄉土風味。對於認識當地人、事、物，以文學的方式呈現，當然是真實情形的瞭解之外，還有文學美的感受與涵養。不僅能關心家鄉事，而且也是本土人文素質提昇的一種努力。

嚴淑女：

臺灣兒童文學經過很多人的努力，已經有了不錯的成績。近年來，有更多的人投入兒童文學的寫作。但是對於寫作的方式通常比較偏限在傳統的形式，對於利用新媒體的特性及功能，去思考新的創作形式的反應也比較缺乏。事實上，電腦、網路的科技日新月異，將來兒童的生活、閱讀和思考模式都和這些新媒體息息相關。身為兒童文學的創作者更應該時時注意相關的訊息，同時運用這些新媒體的特性來開拓寫作的空間。

郭鎧莉：

當我們討論台灣兒童文學時，有必要針對台灣各縣市兒童文學進行探討。值得注意的是，即使我們將眼光擴大至國際性、洲際性、或國家性兒童文學時，不可忽視區域性兒童文學為其構成部分。然而，我們不應僅僅把區域性看成是更小的單位，而應該以整體的視點來考量各區域兒童文學之間的互動與整合的有機關係。

洪美珍：

文學發展若要紮實，史料的整理是個重要的基礎工作。然而臺灣兒童文學史料搜集與整理卻是不受重視；試想沒有史料的累積，如何進行學術的研究？這樣的臺灣兒童文學又豈能穩固？因此不管是政府或民間團體實在把台灣兒童文學史的史料作為發展兒童文學

的基本方向。唯有打好兒童文學的地基，才能健全臺灣兒童文學各個面向的健全發展。

洪曉菁：

打開臺灣兒童文學史，我們可以看見前輩們篳路藍縷的拓荒過程。憑著他們對兒童的關懷和毅力，終於得以在今日讓臺灣兒童文學的園地從貧瘠到豐饒美麗。展望未來，我們更希望能將這些在各地及各個領域努力的力量整合起來，讓這些兒童文學工作者互相交流、溝通，彼此有個支持。在整合的同時，也要注意發展並維持各區域兒童文學的特色，讓臺灣兒童文學這塊園地更加多采多姿。

彭桂香：

近年來，國內鄉土意識大為提高，事事總要提及「本土化」、「鄉土味」，這種趨勢可見於各個領域、層級，例如：政治、教育、藝術、文學，「兒童文學」置身於這樣的大環境裡，自然也受到影響，隨著時代脈動有了新的發展，此種現象是不容兒童文學工作者所忽視的。

林芳妃：

有一次上陳路茜老師的課時，她給我們看日本的繪本探險隊的作品，其中有一本的風格比較特別，描寫一個男人穿越森林的過程，全書沒有文字，結局也很詭異。陳路茜指出，像這樣的作品在臺灣恐怕沒有出版社敢出，除了怕賠錢以外，大概也沒有欣賞的眼光。嚴格來說，臺灣落後日本起碼二十年。

姑且不管落後的年數，而且「落後」的算法是根據那些角度，

這些都不管，總之，路茜是一個成名的插畫家，她有這樣的牢騷。多少也反應了臺灣的現況----對於兒童文學作品的保守。

也許是臺灣的成人「太過」保護小孩，也許是成人對該給小孩什麼東西思考得不夠，也許是臺灣的市場太小限制了作品的種類，也許是臺灣的兒童文學還在起步階段，以至於翻譯的作品佔了很大的部分……

我很期待臺灣能長出屬於自己風格的作品，和許多有各種滋味和顏色的創作。

吳文薰：

區域文學過去代表的是具有地方色彩的文學，如印度文學、拉丁美洲文學，通常也有其頗具代表性的作家。而爲了區域發聲所獨具的「代表性」，區域文學無不強調其政治性極濃厚的政治色彩。一直以來指稱的「臺灣文學」亦是。然二十世紀爲邁向以區域文化爲主的世紀----政治的界線模糊，文化亦幾經統合，是以文化論述的發展亦隨之蓬勃。可以預見，文化統合的區域文學將爲一新趨勢。

游鎭維：

台灣兒童文學發展，若從一九四五年算起，已有四十多年的時間，到今天要撰寫出一部周全的區域兒童文學發展史，不是件容易的事。我建議召集人邀請各地區人士撰寫時，同一個地區能邀請不同身份背景的人來撰寫。因爲不同身份背景的人士在撰文時，角度會有不同的偏重，無形中有些層面會被疏忽掉。如果這次，同一地區無法邀請到不同身份背景的人來共襄盛舉，期望在下次，能找與這次不同的人來撰寫。不同的人，不同的角度，將會使我們台灣地

區的區域兒童文學發展史更豐富、更有內容。

國家圖書館出版品預行編目（CIP）資料

林文寶兒童文學著作集. 第四輯，其他編 ／ 林文寶作.
-- 初版. -- 臺北市：萬卷樓圖書股份有限公司，
2023.09
　　冊；　公分. --（林文寶兒童文學著作集 ；
1605004）
ISBN 978-986-478-979-5（第 2 冊：精裝）. --
ISBN 978-986-478-989-4（全套：精裝）

1.CST: 兒童文學 2.CST: 文學理論 3.CST: 文學評論
4.CST: 臺灣

863.591　　　　　　　112015560

林文寶兒童文學著作集　第四輯　其他編　第二冊

台灣區域兒童文學概述

作　　者　林文寶
主　　編　張晏瑞

出　　版　萬卷樓圖書股份有限公司
發行人　林慶彰
總經理　梁錦興
總編輯　張晏瑞
聯　　絡　電話 02-23216565　　　　傳真 02-23944113
　　　　　網址 www.wanjuan.com.tw
　　　　　郵箱 service@wanjuan.com.tw
地　　址　106 臺北市羅斯福路二段 41 號 6 樓之三
印　　刷　百通科技股份有限公司
初　　版　2023 年 9 月
定　　價　新臺幣 18000 元　全套十一冊精裝　不分售
ISBN　978-986-478-989-4（全套　：精裝）
ISBN　978-986-478-979-5（第 2 冊：精裝）